Manfred Kyber

Die Himmelsschlüssel

und andere Märchen

Manfred Kyber: Die Himmelsschlüssel und andere Märchen

Erstdruck in dieser Zusammenstellung: Heilbronn, Verlag W. Seifert, 1920 unter dem Titel »Märchen«.

Neuausgabe
Herausgegeben von Karl-Maria Guth
Berlin 2016

Umschlaggestaltung von Thomas Schultz-Overhage unter Verwendung des Bildes: Dante Gabriel Rossetti, Sancta Lilias, 1874

Gesetzt aus der Minion Pro, 11 pt

Verlag: Henricus - Edition Deutsche Klassik GmbH
Mörchinger Str. 33, 14169 Berlin, info@henricus-verlag.de
Druck: Libri Plureos GmbH, Friedensallee 273, 22763 Hamburg

ISBN 978-3-8619-9614-9

Bibliografische Information der Deutschen Nationalbibliothek

Die Deutsche Nationalbibliothek verzeichnet diese Publikation in der Deutschen Nationalbibliografie; detaillierte bibliografische Daten sind im Internet über www.dnb.de abrufbar.

Inhalt

Die Himmelsschlüssel

Es war einmal ein großer und gewaltiger König, der herrschte über viele Länder. Alle Schätze der Erde gehörten ihm und er trieb sein tägliches Spiel mit den Edelsteinen von Ophir (gemeint ist das sagenhafte Goldland König Salomons) und den Rosen von Damaskus. Aber eines fehlte ihm bei all seinem großen Reichtum: das waren die Schlüssel zu den Toren des Himmels.

Er hatte tausend Sendboten ausgesandt, die Schlüssel des Himmels zu suchen, aber keiner konnte sie ihm bringen. Er hatte viele weise Männer gefragt, die an seinen Hof kamen, wo die Schlüssel des Himmels zu finden wären, aber sie hatten keine Antwort gewusst. Nur einer, ein Mann aus Indien mit seltsamen Augen, der hatte die Edelsteine von Ophir und die Rosen von Damaskus, mit denen der König spielte, lächelnd bei Seite gelegt und ihm gesagt: alle Schätze der Erde könne man geschenkt erhalten, aber die Schlüssel des Himmels müsse ein jeder selber suchen.

Da beschloss der König, die Himmelsschlüssel zu finden, koste was es wolle. Nun war es in einer Zeit, zu der die Menschen noch sahen, wo der Himmel auf die Erde herab reichte und alle noch den hohen Berg kannten, auf dessen Gipfel die Tore des Himmels gebaut sind. Der König ließ sein Hofgesind zu Hause und stieg den steilen Berg hinauf, bis er an die Tore des Himmels gekommen war. Vor den Toren, um deren Zinnen das Sonnenlicht flutete, stand der Engel Gabriel, der Hüter von Gottes ewigem Garten.

»Glorwürdiger«, sagte der König, »ich habe alle Schätze der Erde, viele Länder sind mir untertan und ich spiele mit den Edelsteinen von Ophir und den Rosen von Damaskus. Aber ich habe keine Ruhe, ehe ich nicht auch die Schlüssel zum Himmel habe. Denn wie sollten sich sonst einmal seine goldenen Tore für mich öffnen?« – »Das ist richtig«, sagte der Engel Gabriel, »ohne die Himmelsschlüssel kannst du die Tore des Himmels nicht öffnen und wenn du auch alle Künste und Schätze der Erde hättest. Aber die Himmelsschlüssel sind ja so leicht zu finden. Sie blühen in lauter kleinen Blumen, wenn es Frühling ist, auf der Erde – und in den Seelen aller Geschöpfe.«

»Wie?«, fragte der König erstaunt, »Brauche ich weiter nichts zu tun, als jene kleine Blume zu pflücken? Die Wiesen und Wälder stehen ja voll davon und man tritt darauf auf all seinen Wegen.« – »Es ist wahr, dass die Menschen die vielen Himmelsschlüssel mit Füßen treten«, sagte der Engel, »aber so leicht wie du es dir denkst, ist es doch nicht gemeint. Es müssen drei Himmelsschlüssel sein, die dir die Toren des Himmels aufschließen. Und alle drei sind nur dann richtige Himmelsschlüssel, wenn sie zu deinen Füßen und für dich aufgeblüht sind. Die vielen tausend anderen Himmelsschlüssel, die auf der Erde stehen, sollen die Menschen nur daran erinnern, die richtigen Himmelsschlüssel zum Aufblühen zu bringen – und das sind die Blumen, die alle Menschen mit Füßen treten.«

In dem Augenblick kam ein Kind vor die Tore des Himmels, das hielt drei kleine Himmelsschlüssel in der Hand und die Blumen blühten und leuchteten in der Hand des Kindes. Als nun das Kind die Tore des Himmels mit den drei Himmelsschlüsseln berührte, da öffneten sich die Tore weit vor ihm und der Engel Gabriel führte es in den Himmel hinein. Die Tore aber schlossen sich wieder und der König blieb allein vor den geschlossenen Toren stehen. Da ging er nachdenklich den Berg hinunter auf die Erde zurück – und überall standen Wiesen und Wälder voll der schönsten Himmelsschlüssel. Der König hütete sich wohl sie zu treten, aber keine der Blumen blühte zu seinen Füßen auf.

»Sollte ich die richtigen Himmelsschlüssel nicht finden«, fragte sich der König, »wo ein Kind sie gefunden hat?« Aber er fand sie nicht und es vergingen viele Jahre.

Da ritt er eines Tages mit seinem Hofgesinde aus und ein schmutziges verwahrlostes Mädchen, das weder Vater noch Mutter hatte, bettelte ihn an, als er mit seinem glänzenden Gefolge an ihm vorüber kam. »Mag es weiter betteln!«, sagten die Höflinge und drängten das Kind bei Seite.

Der König aber hatte in all den Jahren, seit er von dem steilen Berg gekommen war, viel über die Himmelsschlüssel nachgedacht und trat sie nicht mehr mit Füßen. Er nahm das schmutzige Bettelkind, setzte es zu sich aufs Pferd und brachte es nach Hause. Dort ließ er es speisen und kleiden, er pflegte und schmückte es selbst und setzte ihm eine Krone auf den Kopf.

Da blühte zu seinen Füßen ein kleiner goldener Himmelsschlüssel auf. Der König aber ließ die Armen und die Kinder in seinem Reich als seine Brüder erklären.

Wieder vergingen Jahre und der König ritt in den Wald mit seinem Hofgesinde. Da erblickte er einen kranken Wolf, der litt und sich nicht regen und helfen konnte. »Lass ihn verenden!«, sagten die Höflinge und stellten sich zwischen ihn und das elende Tier.

Der König aber nahm den kranken Wolf und trug ihn auf seinen Armen in seinen Palast. Er pflegte ihn selbst gesund und der Wolf wich nie mehr von ihm. Da blühte ein zweiter goldener Himmelsschlüssel zu des Königs Füßen auf. Der König aber ließ von nun an alle Tiere in seinem Reich als seine Brüder erklären.

Wieder vergingen Jahre – aber nun schon nicht mehr eine so lange Zeit, wie sie vor dem ersten Himmelsschlüssel vergangen war – da ging der König in seinem Garten umher und freute sich an alle den seltenen Blumen, die, kunstverständig gehütet und gepflegt, seinen Garten zu einem der herrlichsten in allen Ländern machten.

Da erblickte der König eine kleine unschöne Pflanze am Wegrand, die am Verdursten war und die verstaubten Blätter in der sengenden Sonnenglut senkte. »Ich will ihr Wasser bringen«, sagte der König. Doch der Gärtner wehrte es ihm. »Es ist Unkraut«, sagte er, »und ich will es ausreißen und verbrennen. Es passt nicht in den königlichen Garten zu all den herrlichen Blumen.«

Der König aber nahm seinen goldenen Helm, füllte ihn mit Wasser und brachte es der Pflanze – und die Pflanze trank und begann wieder zu atmen und zu leben. Da blühte der dritte Himmelsschlüssel zu des Königs Füßen auf und das Bettelmädchen mit der Krone und der Wolf standen dabei. Der König aber sah auf dem steilen Berge die Tore des Himmels weit, weit geöffnet – und im Sonnenlicht, das um die Zinnen flutete, sah er den Engel Gabriel und jenes Kind, das damals schon den Weg zum Himmel gefunden hatte.

Die drei Himmelsschlüssel blühen heute noch und sie leuchten heute noch heller und schöner als alle Edelsteine von Ophir und alle Rosen von Damaskus.

Vom kleinen Teufelchen und vom Muff, der

Kinder kriegte

Ich will euch eine Nacht aus dem Leben eines Dichters erzählen. Das Leben eines Dichters ist anders als das Leben der anderen Menschen. Es sind andere Tage und andere Nächte – und meist sind sie traurig. Es sind auch schöne Tage und schöne Nächte darunter, Tage voll Sonne und Nächte voll Rosen. Aber davon will ich heute nicht erzählen, denn das sind keine Märchen für Kinder. Und heute seid ihr alle Kinder im Märchenland, die ihr dieses Buch lest.

Ich will euch heute von einer Nacht erzählen, wie sie ein Dichter oft erleben kann – die ist weder besonders schön, noch besonders traurig, sie ist nur sehr vergnügt und ganz, ganz anders als die anderen Menschen sich das denken.

Ihr müsst aber alles glauben, was ich euch sage, denn was ich euch erzähle, ist ein richtiges Märchen und alle Märchen sind wahr und wirklich. Man kann sich das gar nicht ausdenken. Nur der Teekessel in meinem Zimmer denkt, dass es keine Märchen gibt und dass ich mir das alles ausdenke, und so wie der Teekessel denken sehr viele Menschen. Seid also nicht so, wie der Teekessel, wenigstens heute nicht. Damit ihr nun wisst, wie ihr nicht sein sollt, will ich euch sagen, wie mein Teekessel ist. Er ist dick und groß und von glänzendem Kupfer. Er hat eine große Schnauze und es ist gar nichts in ihm drin, denn er wird schon lange nicht mehr benutzt. Er tut nichts und auf seinem kupfernen Leibe setzt sich ein feiner grüner Ton an, den die Gelehrten Patina nennen und der sehr vornehm ist. Er hat auch eine schöne Linie, und zwar gerade bei der Schnauze. Bloß Feuer hat er nicht mehr in sich. Findet ihr nicht auch, dass viele Leute so sind wie mein Teekessel?

Also die Sache ging so an, dass ich in meinem Bett lag und an gar nichts dachte. Ich wollte gerne schlafen, aber der Mond schien zum Fenster herein, besah sich in meinem Spiegel und behauptete, ich habe jetzt kein Recht zu schlagen, ich solle lieber aufpassen. Das tat ich denn auch und das erste, was ich sah, war ein kleines Teufelchen, das auf meinem Bettrand saß und Turnübungen machte. Es war ein sehr niedliches kleines Teufelchen, sozusagen ein Teufelchen in den besten Jahre, so groß als ein Zeigefinger, und es hatte einen sehr langen

Schwanz – alles ganz schwarz natürlich. Nur ein Ohr war rot – es hatte überhaupt nur ein Ohr und das war dafür auch rot. Recht hatte es! Warum soll man zwei Ohren haben? Das ist ganz überflüssig, und außerdem ist es Geschmackssache.

»Ich komme gerade aus der Hölle«, sagte das Teufelchen und turnte. – »Das ist mir gleichgültig«, sagte ich, »ich habe schon viele schöne Hexen gekannt. Da stört mich ein kleines Teufelchen gar nicht, auch wenn es eben aus der Hölle kommt und turnt.« Das Teufelchen machte Kopfsprung und schlug den Schwanz graziös um die Beine. »Ich habe auch eine Tante, die hexen kann«, sagte es, »meine Tante nimmt nichts dafür, sie tut es aus laute Liebe zur Sache.« – »Die Hexen, die ich kannte, waren nicht meine Tanten«, sagte ich, »aber das ist ja einerlei.«

Das Teufelchen erwärmte sich bei der Unterhaltung, wenn man überhaupt sagen kann, dass sich jemand erwärmt, der aus der Hölle kommt, wo es ja an sich schon sehr warm ist. »Ich habe auch einen Onkel«, sagte das Teufelchen eifrig, »mein Onkel röstet die sündigen Seelen. Er röstet sie so lange, bis sie ganz knusprig sind.« – »Pfui«, sagte ich, »Sie haben ja eine scheußliche Verwandtschaft. Im übrigen will ich Ihnen etwas sagen: Halten Sie Ihren Schwanz ruhiger, wenn Sie turnen. Sonst werden Sie sich den Schwanz noch einmal klemmen. Sie sehen, ich gebe Ihnen noch gute Ratschläge, obwohl Ihr Herr Onkel andere Leute röstet, bis sie knusprig sind.«

Das kleine Teufelchen zog den Schwanz ein und schämte sich. »Ich habe auch sehr nette Verwandte«, sagte es, »meine Schwester, die schleicht sich unter die Liebespaare der Menschen und setzt ihnen Dummheiten in den Kopf. Dann kommen sie nachher in die Hölle.« Das Teufelchen rieb sich die Hände vor Vergnügen. »Seien Sie nicht so albern«, sagte ich. »Wenn zwei sich lieben, dann kommen sie nicht in die Hölle, sondern in den Himmel. Und die Dummheiten haben sie auch so schon im Kopf – die braucht ihnen kein Teufelchen mehr in den Kopf zu setzen. Das weiß ich nun einmal besser als Sie.«

Wenn man anfängt, von der Liebe zu sprechen, so ist das eine sonderbare Sache: es ist, als ob es heimlich Mitternacht schlägt in allen Seelen. Die Dinge sind keine Dinge mehr, es fängt alles an zu leben und es geht wie ein innerliches Weinen und wie ein innerliches Jubeln durch alles was es gibt. – Bloß durch die Teekessel nicht.

Die anderen Gegenstände aber wurden sehr lebendig. Ganz zuerst natürlich das Äffchen und die kleine Kolombine (weibliche Maskenfigur der italienischen Stegreifbühne, Gegenstück zum Harlekin), die auf meinem Tisch standen und beide aus Porzellan waren. Denn sie liebten sich schon lange – und es ist kein Wunder, dass sie gleich lebendig wurden, wie das geschwänzte Teufelchen und ich anfingen, von der Liebe zu sprechen. Warum das Äffchen und die Kolombine auf meinem Tisch standen, werde ich euch nicht sagen, denn das ist mein Geheimnis und das geht niemand etwas an.

»Mein Äffchen«, sagte die Kolombine und küsste das Äffchen auf den Mund. Es war sehr rührend. Der strenge bronzene Buddha nebenbei lächelte. Es war ein verstehendes und verzeihendes Lächeln. Er dachte an die schlanken Glieder der braunen Mädchen in Indien und an die Blumen in ihrem Haar. Er dachte auch an ein anderes Mädchen, das auch »mein Äffchen« sagte zu dem, den es lieb hatte, obwohl das gar kein richtiger Affe war. Aber der bronzene Buddha verstand das alles sehr gut. Nur der Teekessel verstand das nicht, denn der hatte kein Feuer im Leibe, sondern bloß eine Schnauze und die vornehme Patina.

Es geschah aber noch viel mehr, was der Teekessel nicht verstand, denn wenn man von der Liebe spricht, dann geschehen die sonderbarsten Dinge. Aus einer großen kristallenen Schale, die hinter dem Buddha stand, kamen lauter kleine kristallene Geisterchen hervor. Das waren die Kristallgeisterchen, die immer aufgeweckt werden, wenn man von der Liebe spricht. Die kleinen Geisterchen fingen an zu tanzen und es wurden immer mehr und mehr – immer wieder kamen welche aus der tiefen kristallenen Schale hervor und erfüllten das ganze Zimmer.

Es gab einen leise singenden Ton, wenn sich die Kristallgeisterchen berührten, wie von feinen gläsernen Glocken. Der bronzene Buddha lächelte, die kleine Kolombine sagte »mein Äffchen« und die Blumen in den Vasen neigten ihre Kelche im Mondlicht. Die Kommode sperrte vor Staunen ihren Schubladenmund ganz weit auf und das kleine Teufelchen setzte sich auf den Mund der Kommode, um besser sehen zu können. Das war doch interessanter als der Onkel in der Hölle, der die sündigen Seelen knusprig röstete, oder als die Tante, die hexen konnte.

Es war schon sehr schön und es war so schön, dass ein Muff, den ein kleines Mädchen in meinem Zimmer vergessen hatte, bis ins letzte

Haar davon gerührt wurde. Warum das kleine Mädchen den Muff bei mir vergessen hatte, weiß ich selbst nicht zu sagen. Ein Muff ist ein so sehr nützlicher und auch sehr, sehr vielseitiger Gegenstand – das hatten das kleine Mädchen und ich schon oft erfahren. Wie gefällig hatte er uns zum Beispiel die Hände gewärmt, und zwar unser beider Hände zusammen. Aber wir hatten wohl sehr viel Wichtiges miteinander zu besprechen und bei wichtigen mündlichen Verhandlungen kann man sich so sehr vertiefen, dass man sogar einen Muff vergisst.

Wie der Muff nun alle die vielen Kristallgeisterchen sah und bis ins letzte Haar gerührt wurde – er neigte so schon zur Rührung, weil er so viel erlebt hatte – da kam er auf mein Bett gekrochen, seufzte tief auf und kriegte Kinder. Lauter kleine, süße, weiche Muffkinderchen ... – Und ihr alle seid Teekessel, wenn ihr das nicht glaubt.

Der Teekessel glaubte das auch nicht und sah es auch nicht, denn er machte die große Schnauze auf und begann zu reden, lauter langweiliges Zeug von seiner vornehmen Patina, von seiner schönen Linie und dem kupfernen Leibe, in dem kein Feuer mehr war. Das war sehr schade. Denn wenn ein Teekessel mit seiner großen Schnauze zu reden anfängt, dann verkriechen sich alle die Kristallgeisterchen der Liebe und alle Märchen gehen schlafen. Die Kristallgeisterchen gingen in die kristallene Schale zurück, aus der sie gekommen waren, der Buddha sah ernst und verdrießlich aus und nur die Kolombine seufzte noch einmal »mein Äffchen« – dann stand sie steif und still da und niemand sah mehr, wie viel Liebe und Leben sie eigentlich im Leibe hatte. Die Kommode machte den Schubladenmund so schnell und ärgerlich zu, dass sie dem Teufelchen den Schwanz ein bisschen einklemmte. Der Muff steckte besorgt und behutsam alle die süßen, kleinen, weichen Muffkinderchen wieder in sich hinein. Denn für einen Teekessel hatte er diese Kinder nicht zur Welt gebracht!

Ich selbst aber schlief ein, denn ich weiß es aus Erfahrung, dass es unsagbar langweilig ist, wenn ein Teekessel mit seiner großen Schnauze zu reden anfängt.

Am andern Morgen war alles so wie immer. Nur das kleine Teufelchen saß auf dem Rande meines Wasserglases und kühlte sich den geklemmten Schwanz. Da nahm ich es und steckte es ganz ins Wasser hinein. Vielleicht wäre es gut, wenn man alle die kleinen Teufelchen in kaltes Wasser steckte und sie abkühlte. Dann würde die Welt am Ende ein bisschen besser werden. Wir wollen es aber lieber nicht tun.

Denn die großen Teufel würden wir dadurch doch nicht los und ohne die kleinen Teufel würde die Welt wohl ein ganz klein wenig besser werden – aber dafür auch sehr, sehr viel langweiliger und die Leute würden am Ende alle Teekessel.

Nein, ich will das Teufelchen wieder aus dem Wasser nehmen und es dem kleinen Mädchen in den Muff setzen. Freilich wird das Teufelchen dem kleinen Mädchen dann sagen, dass es in die Hölle kommt, wenn es mich lieb hat. Aber das tut nichts. Das kleine Mädchen weiß es besser und es weiß, dass man durch die Liebe nicht in die Hölle kommt, sondern in den Himmel. Und der Muff wird das ganz gewiss bestätigen, denn er ist oft mit uns zusammen gewesen – und er wird dem kleinen Mädchen erzählen, dass er Kinder gekriegt hat, lauter kleine, süße, weiche Muffkinderchen. Und es schadet gar nichts, wenn er ihm das erzählt!

Der Giftpilz

Es hatte mal geregnet und dann hatte es aufgehört; und als es aufgehört hatte, da saß was auf dem grünen Moosboden im Walde – klein und dick und unangenehm – und das war ein Giftpilz. Giftpilze kommen immer so etwas unvermittelt als Tageslicht; sie sind eben da, und wenn sie da sind, gehen sie nicht mehr weg, ganz gewiss nicht. Sie sitzen im Moos und sehen furchtbar geärgert und giftig aus. Es sind eben Giftpilze!

Der Giftpilz saß auch so da und ärgerte sich und hatte einen roten Hut mit weißen Tupfen und mit einem ganz schrecklich breiten Rande. Was unter dem Rand war, war eigentlich nichts – und das war zu vermieten.

Zuerst zog eine Mausefamilie darunter ein: eine graue Mama und sehr viele kleine schlüpfrige Mausekinder. Wie viele es waren, wusste der Giftpilz nicht. Sie waren stets so lebendig und beweglich, dass er immer eins statt zweien zählte oder zwei statt einem. Aber es waren sehr viele. Und wenn die Mausemutter, wie meistens, nicht zu Hause war und Futter suchte, dann spielten die Kleinen Fangen und sausten auf ihren weichen Pfötchen wie toll um den Giftpilz herum, und das sah eisig niedlich aus. Aber der Giftpilz ärgerte sich furchtbar darüber, er stand da und ärgerte sich den ganzen Tag und sogar nachts, wenn die Mausefamilie schlafen ging. Er wurde immer giftiger und schließlich, als er mal ganz giftig wurde und es vor lauter Gift nicht mehr aushalten konnte, da sagte er zur Mausemama: »Ich kündige Ihnen! Sie haben Kinder! Das ist ekelhaft! Sie müssen ausziehn!«

Die Mausemama weinte und barmte und die Kleinen fiepten und rangen die Pfoten, aber der Giftpilz war unerbittlich. Und so zog die arme Mausegesellschaft traurig von dannen, sich eine neue Wohnung zu suchen, der Giftpilz aber nahm sich's ganz giftig vor, nie und nie wieder an eine Familie zu vermieten, höchstens an einen einzelnen Herrn.

Es dauerte auch gar nicht lange, da kam ein junger, alleinstehender Frosch und zog beim Giftpilz ein. Zuerst war er sehr angenehm und still, er schlief nämlich bis zum Abend. Als aber der Mond schien, wachte er auf und ging zum nahen Teich in den Gesangsverein. Das war ja soweit alles ganz gut, aber es wurde spät und später und der Frosch kam nicht wieder. Endlich, gegen Morgen, erschien er, mit grässlich großen Augen und sang sehr laut und tat dabei den Mund so weit auf, dass man bequem einen Tannenzapfen hineinwerfen konnte. Er sang das Leiblied des Gesangvereins:

Immer feucht und immer grün,
vom Geschlecht der Quappen,
hupfen wir durchs Leben hin –
Füße wie die Lappen!

»Brüllen Sie nicht so!«, keifte der Giftpilz. »Das ist Ruhestörung, und zwar nächtliche. Haben Sie gar keine Moral?« – »Füße wie die Lappen!«, sang der Frosch noch einmal und dann legte er sich höchst fidel und ungeniert unter den giftigen Giftpilz, schlug die feuchten Beine übereinander dass es klatschte und schlief ein.

Der Giftpilz ärgerte sich furchtbar, er ärgerte sich die ganze Nacht und den ganzen Tag, und als es Abend wurde und der Frosch aufstand, um in den Gesangsverein zu gehen, da wurde ihm gekündigt. »Ich kündige Ihnen!« sagte der Giftpilz. »Sie gehen in den Gesangsverein! Das ist ekelhaft. Sie müssen ziehen!«

Der Frosch machte Vorstellungen, der Gesangsverein sei durchaus einwandfrei – lauter feine, feuchte Leute – aber es half nichts, der Giftpilz blieb dabei. Da wurde der Frosch böse: »Sie sind ein ekelhafter

Kerl!«, sagte er. »Glauben Sie vielleicht, dass Ihr lächerlicher Hut mit seinen weißen Tupfen die einzige Wohnung ist? Ich miete mir ein Klettenblatt, das ich persönlich kenne, Sie albernes Geschöpf!« Damit drehte er sich um und ging, die Hände auf dem Rücken, in den Gesangverein. Und nachts schlief er schon unterm Klettenblatt, das er persönlich kannte. Der Giftpilz aber nahm sich vor, von nun ab an niemand mehr zu vermieten.

Eine Weile blieb's auch still, auf einmal aber saß was unter ihm und das war ein Sonnenscheinchen. Ein Sonnenscheinchen ist ein verirrter Sonnenstrahl, der eigentlich in den Himmel gehört, aber auf der Erde geblieben ist – und da ist ein süßes kleines Mädel draus geworden mit goldnen Haaren und Augen, wie lauter Sonnenschein. Als nun der Giftpilz das Sonnenscheinchen sah, war er sehr unangenehm berührt und sagte giftig: »Ich vermiete nicht mehr!« Das Sonnenscheinchen lachte. »Ich vermiete nicht!«, schrie der Giftpilz noch einmal. »Machen Sie, dass Sie hinauskommen!«

Das Sonnenscheinchen lachte wieder und streckte sich ganz behaglich unterm Giftpilz aus, so dass ihr Haar in tausend goldnen Fäden übers dunkle Moos husche. Der Giftpilz war eine Zeitlang sprachlos, dann aber raffte er sich auf, nahm all sein Gift zusammen und sagte: »Ich kündige Ihnen! Das ist ekelhaft. Sie müssen ziehn!« Das Sonnenscheinchen blieb aber sitzen und lachte so sonnenhell und vergnügt, dass der Giftpilz ordentlich zitterte vor Wut. Aber es war nichts zu machen und es ging auch so weiter: der Giftpilz kündigte und schimpfte und das Sonnenscheinchen lachte und blieb.

Endlich, eines Nachts, war der Giftpilz so giftig geworden, dass ihm's selbst unheimlich wurde vor lauter Gift. Und da hat er sich mit einem Ruck auf seine kleinen Füße gestellt und ist vorsichtig und ängstlich weggewackelt. Das Sonnenscheinchen aber lachte hinter ihm her und streckte behaglich seine feinen Gliederchen, dass ihr Haar in tausend goldnen Fäden übers dunkle Moos huschte. Der Giftpilz wackelte weiter, halbtot vor Wut – und als er um die Ecke bog, sah er die Mausefamilie in ihrem neuen Heim und es waren schon wieder Junge angekommen! Und die ganze Gesellschaft piepste ihm schadenfroh nach.

Und als er um die nächste Ecke bog, da wanderte der alleinstehende Frosch übern Wiesenhang; er kam vom Gesangverein und ging zum Klettenblatt, das er persönlich kannte. Dazu sang er ganz laut und voller Heiterkeit:

Immer feucht und immer grün,
vom Geschlecht der Quappen,
hupfen wir durchs Leben hin –
Füße wie die Lappen!

Da ist der giftige Giftpilz ganz weit fortgegangen und ist niemals wiedergekommen. Und wenn heute noch so viele davon im Walde stehen, so kommt das daher, dass es so sehr viele Giftpilze in der Welt gibt und sehr, sehr wenig Sonnenscheinchen.

Maimärchen

Es war einmal ein Maikäfer, der war wie alle Maikäfer im Mai auf die Welt gekommen – und die Sonne hatte dazu geschienen, so hell und so goldlicht, wie sie nur einmal im Jahre scheint, wenn die Maikäfer auf die Welt kommen. Dem Maikäfer aber war's einerlei. »Das Sonnengold kann man nicht fressen«, sagte er sich, »also was geht's mich an.« Dann zählte er seine Beine, erst links und dann rechts und addierte sie zusammen.

Das schien ihn befriedigt zu haben, und nun überlegte er, ob er einen Versuch machen solle, sich fortzubewegen, oder ob das zu anstrengend wäre. Er dachte drei Stunden darüber nach, dann zählte er noch einmal seine Beine und fing an, sich langsam vorwärts zu schieben, möglichst langsam natürlich, um sich nicht zu überanstrengen. Bequemlichkeit war ihm die Hauptsache!

Da stieß er plötzlich an was Weiches, an etwas, was so weich war, dass er sich's unbedingt ansehen musste. Es lag im Grase und sah aus wie eine schwarze Samtweste, hatte vier kleine Schaufeln und keine Augen. Den Maikäfer, der noch keinen Maulwurf gesehen hatte, interessierte das fabelhaft, er überzählte noch schnell einmal seine Beine und dann gings mit wütendem Eifer mitten in die schwarze Samtweste hinein. Der Maulwurf fuhr empört auf. »Sind Sie verrückt?«, schrie er den Maikäfer an. »So eine Rücksichtslosigkeit!« Der Maikäfer lachte. Es war zu komisch, wie sich die Samtweste aufregte.

»Wissen Sie«, sagte er vorlaut, »wenn man aus nichts weiter besteht, als aus einer Samtweste und vier kleinen Schaufeln und auch keine Augen hat, soll man lieber ruhig sein.« – »Reden Sie nicht so blödes

Zeug«, kreischte der Maulwurf, atemlos vor Wut. »Sie sind ein ganz verrohtes Subjekt!« Und damit kroch er in die Erde, der Maikäfer aber setzte angenehm angeregt und erheitert seinen Weg fort. Schließlich, als es Abend wurde, kam er an einen Teich, da saß ein großer alter Frosch auf einem Stein, ganz grün und ganz feucht, der las beim Mondlicht die Zeitung, das »Allgemeine Sumpfblatt«.

Den frechen Maikäfer reizte der breite Rücken des vertieften Lesers und er kitzelte ihn ganz leise und boshaft mit den Fühlhörnern. Der Frosch fuhr mit seinen langen Fingern herum und kratzte sich, ohne von der Zeitung aufzusehen, denn das »Allgemeine Sumpfblatt« ist sehr lehrreich und sehr schön geschrieben – und dabei lässt man sich nicht gerne stören. Aber der Maikäfer kitzelte beharrlich weiter, bis der Frosch sich schließlich geärgert umdrehte und den Störenfried vorwurfsvoll betrachtete. Da er aber alle Tage das »Allgemeine Sumpfblatt« las und also sehr gebildet war, so erkannte er in dem respektlosen Wesen sofort einen Maikäfer.

»Heut ist der erste Mai«, sagte er ruhig, »es steht in der Zeitung, da kommen diese merkwürdigen Geschöpfe. Dagegen lässt sich nichts machen.« Und dann las er weiter und kratzte sich geduldig, wenn ihn der Käfer kitzelte. Der arme Frosch hätte sich noch lange kratzen müssen, wenn der Maikäfer nicht plötzlich was gehört hätte, was ihm noch übers Kitzeln ging; es klang, als ob's mit vielen feinen Stimmchen singt, und das war ein Elfenreigen: viele kleine Elfchen in weißen Hemdchen und mit goldnen Krönlein im goldnen Haar hatten sich bei den Händen gefasst und schlangen den Ringelreih'n und sangen dazu. Der Frosch sah gar nicht hin, das stand ja alles im »Allgemeinen Sumpfblatt« unter »Lokales«, aber der Maikäfer kannt so was nicht und kroch, so schnell er konnte, um sich das Seltsame zu betrachten, was so seltsam mit vielen feinen Stimmchen sang.

Die Elfen flohen entsetzt auseinander, nur eine blieb stehen und sah sich den komischen Gesellen an. »Du hast ja sechs Beine!«, rief sie, »Du bist gewiss ein verwunschener Prinz – und ich warte schon so lange auf einen, um ihm mein Krönlein zu schenken.« Der Maikäfer sah auf seine sechs Beine, bewegte verlegen die Fühlhörner und sagte nichts. »Es ist ganz gewiss ein verwunschener Prinz«, dachte das Elfchen, »er hat doch sechs Beine und sagt nichts!« Und dann fragte es ihn: »Willst du mich heiraten?« Der Maikäfer verstand nur, dass er gefragt wurde, ob er was wolle, und da sagte er: »Fressen will ich«, und legte sich auf den Rücken. »Er muss sehr stark verwunschen sein!«, dachte das Elfchen und gab ihm zu essen, lauter schöne Sachen, wie man sie nur im Elfenreich hat.

Als er satt war, setzte sich das Elfchen neben ihn und beschloss, geduldig zu warten, bis sich der verwunschene Prinz entpuppt. Und als die Glockenblumen Mitternacht läuteten, da dachte das Elfchen, jetzt müsste es sein, und wollte ihm sein Krönlein schenken. Aber der Maikäfer hörte weder die blauen Glockenblumen noch sah er das goldene Krönlein, er lag auf dem Rücken und schlief. Das war so schrecklich langweilig – und so gings alle Tage und Nächte weiter, er fraß grässlich viel; und wenn die Glockenblumen läuteten, schlief er ein. Und das arme Elfchen wartete und wartete.

Da, eines Nachts, geschah etwas Wunderbares: Der Maikäfer rührte sich, streckte seine sechs Beine, bewegte die Fühlhörner und bekam plötzlich Flügel. »Jetzt entpuppt sich der verwunschene Prinz«, dachte das Elfchen und freute sich furchtbar. Und gar wie es sich so furchtbar freute – flog der Maikäfer davon und zerbrach noch dabei mit seinen plumpen Beinen das goldene Krönlein, dass es in tausend Scherben ging. Die Elfenkrönlein sind ja so zerbrechlich!

Da saß nun das arme Elfchen und hatte keinen verwunschenen Prinzen bekommen und hatte auch kein Krönlein mehr, es ihm zu schenken. Und So stützte es das Gesichtchen in die Hände und weinte bitterlich. Das klang so traurig, dass der Frosch vom »Allgemeinen Sumpfblatt« aufsah und sich das Elfchen mitleidig betrachtete. »Ja, ja«, sagte er seufzend, »heute ist der letzte Mai, es steht in der Zeitung, da gehen diese merkwürdigen Geschöpfe wieder. Dagegen lässt sich nichts machen.« Und dann schlug er nachdenklich eine Seite um – das Umblättern ist für einen Frosch sehr leicht, weil er so feuchte Finger hat – und las weiter.

Auch der Maulwurf kam aus der Erde heraus und sagte: »Es war ein ganz verrohtes Subjekt!« In Wirklichkeit aber war der Maikäfer weder ein verrohtes Subjekt, noch ein verwunschener Prinz, sondern eben nur ein ganz gewöhnlicher Maikäfer. Und von dem soll ein Elfenkind keine Märchen erwarten und soll ihm sein Krönlein nicht schenken.

Und was aus dem Elfchen wurde? Das hat der liebe Gott in den Himmel geholt und hat ein Englein draus gemacht mit zwei kleinen

Flügeln und hat ihm einen Heiligenschein für das zerbrochene Krönlein gegeben.

Der Schneemann

Es war einmal ein Schneemann, der Stand mitten im tief verschneiten Walde und war ganz aus Schnee. Er hatte keine Beine und Augen aus Kohle und sonst nichts und das ist wenig. Aber dafür war er kalt, furchtbar kalt. Das sagte auch der alte griesgrämige Eiszapfen von ihm, der in der Nähe hing und noch viel kälter war. »Sie sind kalt!«, sagte er ganz vorwurfsvoll zum Schneemann. Der war gekränkt. »Sie sind ja auch kalt«, antwortete er. »Ja, das ist etwas ganz anderes«, sagte der Eiszapfen überlegen.

Der Schneemann war so beleidigt, dass er fortgegangen wäre, wenn er Beine gehabt hätte. Er hatte aber keine Beine und blieb also stehen, doch nahm er sich vor, mit dem unliebenswürdigen Eiszapfen nicht mehr zu sprechen. Der Eiszapfen hatte unterdessen was anderes entdeckt, was seinen Tadel reizte: ein Wiesel lief über den Weg und huschte mit eiligem Gruß an den Beiden vorbei. »Sie sind zu lang, viel zu lang!«, rief der Eiszapfen hinter ihm her. »Wenn ich so lang wäre, wie Sie, ginge ich nicht auf die Straße!« – »Sie sind doch auch lang!«, knurrte das Wiesel verletzt und erstaunt. »Das ist etwas ganz anderes!«, sagte der Eiszapfen mit unverschämter Sicherheit und knackte dabei ordentlich vor lauter Frost.

Der Schneemann war empört über diese Art, mit Leuten umzugehen, und wandte sich, soweit ihm das möglich war, vom Eiszapfen ab. Da lachte was hoch über ihm in den Zweigen einer alten schneeverhangenen Tanne. Und wie er hinauf sah, saß ein wunderschönes, weißes, weiches Schnee-Elfchen oben und schüttelte die langen hängenden Haare, dass tausend kleine Schneesternchen herabfielen und dem armen Schneemann gerade auf den Kopf. Das Schnee-Elfchen lachte noch lauter und lustiger, dem Schneemann aber wurde ganz seltsam zu Mute und er wusste gar nicht, was er sagen sollte; und da sagte er schließlich: »Ich weiß nicht, was das ist ...« – »Das ist etwas ganz anderes«, höhnte der Eiszapfen neben ihm. Aber dem Schneemann war so seltsam zu Mute, dass er gar nicht mehr auf den Eiszapfen hörte, sondern immer hoch über sich auf den Tannenbaum sah, in dessen Krone sich das weiße Schnee-Elfchen wiegte und die langen hängenden Haare schüttelte, dass tausend kleine Schneesternchen herabfielen.

Der Schneemann wollte unbedingt etwas sagen über das eine, von dem er nicht wusste, was es war, und von dem der Eiszapfen sagte, dass es etwas ganz anderes wäre. Er dachte schrecklich lange darüber nach, so dass ihm die Kohlenaugen ordentlich herausstanden vor lauter Gedanken, und schließlich wusste er, was er sagen wollte, und da sagte er: »Schnee-Elfchen im silbernen Mondenschein, du sollst meine Herzallerliebste sein!« Dann sagte er nichts mehr, denn er hatte das Gefühl, dass nun das Schnee-Elfchen etwas sagen müsse, das war ja wohl auch nicht unrichtig.

Das Schnee-Elfchen sagte aber nichts, sondern lachte so laut und lustig, dass die alte Tanne, die doch sonst gewiss nicht für Bewegung war, missmutig und erstaunt die Zweige schüttelte und sogar vernehmlich knarrte. Da wurde es dem armen, kalten Schneemann so brennend heiß ums Herz, dass er anfing vor lauter brennender Hitze zu schmelzen; und das war nicht schön. Zuerst schmolz der Kopf, und das ist das Unangenehmste – später geht's ja leichter. Das Schnee-Elfchen aber saß ruhig hoch oben in der weißen Tannenkrone und wiegte sich und lachte und schüttelte die langen hängenden Haare, dass tausend kleine Schneesternchen herabfielen.

Der arme Schneemann schmolz immer weiter und wurde immer kleiner und armseliger und das kam alles von dem brennenden Herzen. Und das ist so weitergegangen und der Schneemann war schon fast kein Schneemann mehr, da ist der heilige Abend gekommen und die Englein haben die goldenen und silbernen Sterne am Himmel geputzt, damit sie schön glänzen in der heiligen Nacht.

Und da ist etwas Wunderbares geschehen: Wie das Schnee-Elfchen den Sternenglanz der heiligen Nacht gesehen hat, da ist ihm so seltsam zu Mute geworden und da hat's mal auf den Schneemann herunter gesehen, der unten stand und schmolz und eigentlich schon so ziemlich zerschmolzen war. Da ist's dem Schnee-Elfchen so brennend heiß ums Herz geworden, dass es herunter gehuscht ist vom hohen Tann und den Schneemann auf den Mund geküsst hat, so viel noch davon übrig war. Und wie die beiden brennenden Herzen zusammen waren, da sind sie alle beide so schnell geschmolzen, dass sich sogar der Eiszapfen darüber wunderte, so ekelhaft und unverständlich ihm die ganze Sache auch war.

So sind nur die beiden brennenden Herzen nachgeblieben, und die hat die Schneekönigin geholt und in ihren Kristallpalast gebracht; und da ist's wunderschön und der ist ewig und schmilzt auch nicht. Und zu alledem läuteten die Glocken der heiligen Nacht. Als aber die Glocken läuteten, ist das Wiesel wieder herausgekommen, weil es so gerne das Glockenläuten hört; und da hat's gesehen, dass die Beiden weg waren. »Die Beiden sind ja weg«, sagte es, »das ist wohl der Weihnachtszauber gewesen.« – »Ach, das war ja etwas ganz anderes!«, sagte der Eiszapfen rücksichtslos – und das Wiesel verzog sich empört in seine Behausung.

Auf die Stelle aber, wo die Beiden geschmolzen waren, fielen tausend und abertausend kleine weiße, weiche Flocken, so dass niemand mehr was von ihnen sehen und sagen konnte. – Nur der Eiszapfen hing noch genau so da, wie er zuerst gehangen hatte. Und der wird auch niemals an einem brennenden Herzen schmelzen und auch gewiss nicht in den Kristallpalast der Schneekönigin kommen – denn der ist eben etwas ganz anderes!

Mummelchen

Es war einmal eine schöne kleine Nixe, die hieß Mummelchen und lebte im Mummelteich. Mummelchen fühlte sich immer so sehr einsam im Mummelteich, denn der Mummelteich war recht sumpfig und alle, die darin herumkrabbelten, waren sehr versumpft und scheuten sich beinahe schon vor dem klaren Wasser. Sonst waren ja auch ganz nette Leute darunter, zum Beispiel die Froschvettern, die abends so schön sangen und auch stets von ausgesuchter Höflichkeit waren. Die Unken waren dicke alte Tanten, die es gut meinten, aber immer, wenn sie Mummelchen sahen, so unkten sie sie an und rieten ihr, doch endlich auch einen richtigen anständigen Kraken zu heiraten und mit ihm ins Meer hinauszuschwimmen, so wie es ihre Schwestern getan hatten.

Das war so langweilig, denn wenn auch Mummelchens Schwestern alle so richtige und anständige Kraken geheiratet hatten – Mummelchen selbst hatte gar keine Lust dazu. Sie sehnte sich nach etwas ganz anderem, nur wusste sie selbst nicht recht, wonach sie sich eigentlich sehnte. Und niemand im ganzen Sumpf wusste es, weder die Froschvettern noch die Unkentanten und nicht einmal die Seerosen, die immer träumten und mit offenen Kelchen das silberne Mondlicht tranken.

Aber eines Nachts, als Mummelchen mitten unter den Seerosen saß, da schienen die Sterne am Himmel so klar und spiegelten sich im Mummelteich, so dass es aussah, als wäre die ganze gestirnte Nacht in den See versunken. Denn die Sterne scheinen in jeden Sumpf und es ist nicht ihre Schuld, wenn es die Unken nicht merken. Mummelchen aber hatte die Augen, die die Sterne sehen, und wie sie die vielen Sterne sah, da wusste sie mit einem Male, wonach sie sich immer gesehnt hatte: Sie wollte eine Seele haben, darin sich auch die ewigen Sterne spiegeln könnten. Was eine Seele war, wusste sie freilich noch nicht genau zu sagen, aber das hätte sie ja auch erst gekonnt, wenn sie eine gefunden hätte. Sie sagte sich auch, dass es gewiss sehr schwer sein würde, eine Seele zu finden, aber versuchen wollte sie es jedenfalls.

Wenn Sie nur jemand nach dem Weg zu einer Seele hätte fragen können – sie war ja eine so unerfahrene junge Nixe und wusste gar nicht Bescheid mit solchen Dingen. Aber die Froschvettern hätten ihr nur Höflichkeiten gesagt und die Unkentanten hätten ihr wieder geraten, endlich einen anständigen Kraken zu heiraten. Da beschloss Mummelchen, den alten Quabbelonkel zu fragen, denn er war die älteste und klügste Person im ganzen Sumpf – und wenn der es nicht wusste, dann konnte es gewiss niemand wissen.

So stieg denn Mummelchen in den tiefsten Sumpf hinab und da saß der Quabbelonkel und aß Miesmuscheln. Der Quabbelonkel war so eine Art Gallertkugel mit Froschbeinen und Krötenärmchen. Sein ganzer Körper war mit Miesmuscheln bedeckt, die auf ihm wuchsen und die er sich absuchte und verspeiste. So hatte er seine Nahrung immer bei sich, Er hatte ganz kleine geschickte Äuglein im Quabbelkopf, aber dafür war sein Mund so ungeheuer groß, dass er mit der Mitte seines Mundes sprechen, in der einen Ecke eine Miesmuschel hineinstecken und aus der anderen Ecke die Schalen wieder ausspucken konnte. Und das konnte er alles gleichzeitig.

»Onkel Quabbel«, sagte Mummelchen, »ich möchte dich gerne etwas fragen.« – »Ich weiß schon«, sagte der Quabbelonkel, »du hast schon wieder Sehnsucht und weißt nicht, wonach. Aber mir ist es nun eingefallen, wonach du dich immer sehnst. Du sehnst dich nach mir, mein liebes Mummelchen.« Und der Quabbelonkel lachte, dass sein ganzer Gallert ins Schwanken geriet und die Miesmuscheln an seinen Beinen klapperten. »Nein«, sagte Mummelchen, »nach dir sehne ich mich nicht. Dich habe ich ja auch immer da und brauche dazu nur in den tiefen Sumpf hinunterzusteigen. Aber ich weiß jetzt, wonach ich mich sehne.«

»So«, sagte der Quabbelonkel, »dann setze dich auf meinen Schoß und erzähle es mir.« – »Auf deinen Schoß kann ich mich nicht setzen, Onkel Quabbel«, sagte Mummelchen, »du hast ja gar keinen Schoß, weil dein Bauch so groß geworden ist.« – »Ja, das ist wahr«, sagte der Quabbelonkel und sah auf seinen Gallertbauch, »ich mache mir zu wenig Bewegung. Aber wenn ich mir Bewegung mache, dann wachsen mir die Miesmuscheln nicht mehr am Leibe und das ist so sehr bequem. Du könntest aber mal Kribbel-Krabbel auf meinem Bauch machen, das habe ich sehr gern und dann bekommen mir die Miesmuscheln auch besser.«

Mummelchen schüttelte den Kopf. Sie hatte keine Lust dazu. Der Onkel war so scheußlich glitschig. »Nein, Onkel Quabbel«, sagte sie, »ich habe keine Zeit, Kribbel-Krabbel auf deinem Bauch zu machen, du kannst die Unkentanten darum bitten. Ich muss fort von hier, denn ich muss gehen, mir eine Seele suchen.« – »Liebes Kind«, sagte der Quabbelonkel, »bleibe lieber hier und iss Miesmuscheln. Ich will dir die fette Muschel schenken, die auf meinem linken großen Zeh sitzt.« – »Nein, ich danke dir«, sagte Mummelchen, »iss sie nur allein auf – und guten Appetit! Sage mir lieber, was ich tun muss, wenn ich eine Seele suchen will.«

»Ja Kindchen«, sagte der Quabbelonkel, »ich denke mir, wenn jemand was suchen will, wird er sich bewegen müssen. Du musst wandern. Aber ich täte es nicht, es wird dir nicht bekommen.« – »Ich will wandern gehen«, sagte Mummelchen, »denn ich sehne mich zu sehr nach einer Seele. Aber wohin muss ich wandern, um eine Seele zu suchen?« – »Ja Kindchen«, sagte der Quabbelonkel, »ich denke mir, du wirst wohl aus dem Sumpf heraus müssen. Wohin du dann gehst, weiß ich auch nicht. Ich bin noch nie aus meinem Sumpf herausgekommen.« – »Die Sterne riefen mich, ich will den Sternen nachgehen«, sagte Mummelchen und stieg langsam zum Spiegel des Mummelsees hinauf.

»Es kann dir nicht bekommen, Kindchen«, rief der Quabbelonkel und streckte beschwörend den linken großen Zeh mit der fetten Miesmuschel aus. Aber es war zu spät. Mummelchen war ans Ufer geschwommen und wanderte durch Ried und Heide den Sternen nach.

Aber je weiter sie wanderte, um so ferner rückten die Sterne und es schien ihr, dass der Weg nach den Sternen ein sehr weiter und beschwerlicher Weg sein müsse. Und als sie müde wurde vom weiten Weg, da wurde die Nacht dunkel und die Sterne erloschen. Das geht einem jeden so, der den Sternen nachgeht.

Mummelchen war sehr erschrocken, als sie sah, dass die Sterne erloschen und es dunkel und weglos um sie herum wurde. »Aber, wenn die Sterne vom Himmel fort sind«, dachte sie, »so sind sie sicherlich auf die Erde heruntergefallen und spielen dort verstecken. Ich werde ins Dunkel hineingehen, bis irgendwo ein Lichtlein aufloht. Dem will ich denn nachwandern und das wird sicher ein Stern sein, denn es ist doch viel zu schwer für einen Stern, sich auf der Erde zu verstecken, dass man gar nichts mehr davon sieht.«

Mummelchen wusste eben nicht, dass nicht immer ein Stern vom Himmel fällt. Und sie wusste auch nicht, dass ein Stern sich gar nicht zu verstecken braucht, wenn er mal vom Himmel auf die Erde gefallen ist. Es sieht ihn auch so niemand und alle Leute gehen dran vorüber, selbst wenn es ein noch so leuchtender klarer Stern ist und wenn er auch mitten auf der Gasse liegt. Es sind die Alltagsgedanken der Menschen, die ihr graues Bahrtuch drüber decken, und darunter sind schon manche Sterne erloschen. Mummelchen hätte ja vielleicht den Stern bemerkt, weil sie kein Mensch war, aber es fiel nun mal keiner vom Himmel. Die Sterne fallen nur, wenn sie selbst wollen, und das kann ihnen niemand verdenken.

So wanderte Mummelchen weiter durchs sternenlose Dunkel und ihre Füße wurden so müde und wund, wie die Füße aller werden, die den Sternen nachgehen. Da endlich lohte ein Lichtlein auf einem hohen Berge auf und als Mummelchen näher kam, da sah sie, dass das Licht in einem großen Schlosse war, das Mauern und Türme und Erker hatte und in dem es eine Menge Prunkzimmer geben musste, denn es blitzte aus allen Fenstern heraus von Gold und Edelsteinen. »Das muss eine ganze Sternenversammlung sein«, dachte Mummelchen und ging gerade in das Schloss hinein.

Im Schloss waren ein König und eine Königin und eine ganze Menge Lakaien und Zofen, die nur für den König und die Königin da waren. Die Lakaien des Königs waren die Würdenträger des Reiches und die Zofen der Königin waren die Frauen der Lakaien und hießen Hofdamen. »Es ist mehr bunt als schön und eine Sternenversammlung ist es nicht, wie ich hoffte«, dachte Mummelchen, »aber eine Seele muss ich sicher hier finden, wo so viele vornehme Menschen sind. Ich werde warten, bis die Leute näher kommen, dann will ich sie nach einer Seele fragen.« Und Mummelchen setzte sich, da sie so müde geworden war, auf ein Ruhebett im Königssaal, um zu warten, bis die ganze Hofgesellschaft näher kommen würde.

Als die vielen Lakaien Mummelchen sahen, machten Sie sehr entsetzte Gesichter, aber sie sagten nichts, denn sie waren Lakaien und durften nur sprechen, wenn sie gefragt wurden. Die Königin aber, die keine Märchenkönigin, sondern eine Menschenkönigin war, ging auf Mummelchen zu und fragte sie, wer sie sei und ob sie am Ende Hofdame werden wolle. Denn die Königin war eine sehr praktische Frau und sie hatte gleich gesehen, dass Mummelchen sehr schön war.

»Bekomme ich dann eine Seele?«, fragte Mummelchen. »Nötig ist das nicht«, sagte die Königin und sie war sehr unangenehm berührt von einem so wenig hoffähigen Wunsche. »Dann möchte ich lieber keine Hofdame werden«, sagte Mummelchen, »denn ich bin eine Nixe und ich suche eine Seele.« – »Pfui, wie scheußlich!«, sagte die Königin, »Eine Nixe hat ja nasse Kleider und damit setzt sich die Person auf mein königliches Kanapee (Liege, Sofa)!« – »Scheußlich!«, riefen alle Lakaien und Hofdamen. Mummelchen aber ging traurig aus dem Schloss hinaus und sie wusste nun, dass hier eine Seele nicht zu finden war.

So wanderte Mummelchen weiter, bis sie wieder ein Licht schimmern sah aus einem großen Hause mit dicken Mauern und festen Gewölben. Das Licht war sonderbar gelb und fahl und sah nicht aus, als ob es ein Stern wäre. In dem Hause lebte ein reicher Mann und zählte seine Schätze. »Ich möchte gern eine Seele haben«, sagte Mummelchen. »Eine Seele?«, sagte der reiche Mann, »Ja, ich kann dir meine Seele geben, sie regt sich immer mal dazwischen, also wird sie wohl noch da sein. Nur sehr viel Geld musst du mir dafür geben.« – »Geld hat der Quabbelonkel im Mummelteich genug und übergenug«, sagte Mummelchen, »aber solch eine Seele wie du möchte ich nicht haben. Lieber habe ich gar keine. Eine Seele muss man auch nicht kaufen, man muss sie geschenkt bekommen.«

»Geschenkt wird bei mir nichts«, sagte der reiche Mann und warf die Türe hinter Mummelchen zu. Mummelchen aber wanderte weiter, bis sie wieder ein Haus sah, in dem ein Lichtlein brannte. Das Haus war klein und das Lichtchen war noch kleiner. Es war sehr unwahrscheinlich, dass es ein Stern wäre, der vom Himmel gefallen war. Aber Mummelchen war schon so müde und traurig und so wollte sie alles versuchen und trat in das Haus ein.

Im Hause waren bloß Bücher, ganz schrecklich viele Bücher, dicke und dünne, aber meistens sehr dicke – und unter all den dicken Büchern saß ein gelehrter Mann bei einer trüben Tranlampe und las. »Was willst du hier?«, fragte der gelehrte Mann und betrachtete Mummelchen im Licht seiner Tranlampe. »Ich bin eine Nixe und ich suche eine Seele«, sagte Mummelchen. »Es gibt weder Nixen noch Seelen«, sagte der gelehrte Mann. »Ich bin aber eine Nixe«, sagte Mummelchen und es zuckte trotzig um ihre Lippen, »ich komme gerade vom Mummelteich, wo die Froschvettern und Unkentanten leben und der Quabbelonkel.« Die Tranlampe begann zu flackern. »Es gibt keine Nixen«, sagte der gelehrte Mann, »also bist du gar nicht da.« Der gelehrte Mann las weiter, die Tranlampe brannte auch weiter und Mummelchen ging hinaus.

Immer weiter wanderte sie und war nun schon sehr müde und traurig geworden. Da erblickte Mummelchen etwas Wunderbares. Sie sah eine große Kirche mit herrlichen Spitzbogen und Türmen und das Kerzenlicht vom Altar flutete durch die bunten Fenster in die Nacht hinaus. »Das ist der Stern, den ich suche«, dachte Mummelchen, und sie wollte in jubelnder Erwartung in die Kirche eintreten, denn nun musste sie ja sicher eine Seele finden! An der Schwelle aber stand ein Mann in einem schwarzen Gewand und fragte sie nach ihrem Begehren. »Ich bin eine Nixe und suche eine Seele«, sagte Mummelchen und in ihren Augen leuchtete schon der Widerschein der Kerzen am Altar. »Die Kirche ist nicht für Nixen«, sagte der Mann im schwarzen Gewand und schloss die Tore, dass sie dröhnend zuschlugen.

Es war ganz finster und die Glocken läuteten. Da sank Mummelchen in die Knie und barg das Gesicht in den Händen. Sie war so müde und traurig und hatte keine Hoffnung mehr, eine Seele zu finden, die sie so brennend suchte. Wenn in diesem Hause mit den heiligen Kerzen nicht Gottes Sterne waren und keine Seele zu finden war, dann gab es sicher keine Seele auf der Erde und keinen Stern, der vom Himmel gefallen war. Die Glocken läuteten und Mummelchen hörte deutlich, dass sie weinten. Aber die Glocken weinten nicht um Mummelchen, sondern um den Pfarrer in der Kirche und das tun sie schon lange.

Dann hörten auch die Glocken auf zu weinen, der Himmel und die Erde waren dunkel und es war eine Finsternis, wie sie Mummelchen noch nicht erlebt hatte. Es war die Finsternis, die alle kennen, die den Sternen nachgegangen sind. Wie Mummelchen aber die Hände von den Augen nahm und so hoffnungslos hinaussah in die große Finsternis, da sah sie ganz nahe ein kleines Engelchen stehen. Die kleinen Engelchen sind nämlich viel näher als man denkt, man übersieht sie bloß so leicht, weil sie eben sehr klein sind. Das kleine Engelchen hielt ein Laternchen und leuchtete damit einem Dichter, der auf der roten Heide saß und Märchen schrieb. Das ist immer so, denn ein Dichter kann nur dann Märchen schreiben, wenn ein kleines Engelchen mit seiner Laterne dazu leuchtet.

»Das Laternchen ist kein Stern«, dachte Mummelchen, »dazu ist es zu klein. Aber es ist doch vielleicht das Kind von einem Stern, weil ein Engelchen es in der Hand hat.« Da ging Mummelchen auf den Dichter und das Engelchen zu, richtete die großen traurigen Augen auf sie und sagte: »Ich bin eine Nixe und ich möchte gerne eine Seele haben.« – »Weiter nichts?«, fragte der Dichter, fasste Mummelchen um den schlanken Leib und küsste sie auf beide Augen. Das Engelchen aber löschte sein Laternchen aus, denn dazu brauchte es nicht zu leuchten, das wusste es schon – denn das, was geschah, war auch so ein wirkliches Märchen. Von Gottes Himmel aber fiel ein Stern und setzte sich Mummelchen ins Haar.

»Weißt du nun, dass du eine Seele hast?«, fragte sie der Dichter und winkte dem Engelchen, dass es nicht so zugucken solle. »Ja«, sagte Mummelchen, »jetzt habe ich eine Seele und seit du mir die Augen geküsst hast, sehe ich, dass etwas von meiner Seele in allem ist, was auf der Welt ist.« – »Dann hast du eine wirkliche Seele, denn nur wer eine wirkliche Seele hat, der sieht die Seele in allem.«

Es gibt viele Wege, sich eine Seele zu suchen. Einer der hübschesten ist sicherlich der, sich von einem Dichter die Augen küssen zu lassen. Es muss aber schon ein Märchendichter sein. Sonst hilft es nichts. Nur sind die Dichter darin ein bisschen einseitig. Sie küssen nämlich nur solche, die so sind wie Mummelchen und nicht wie der Quabbelonkel. Denn die Seelen küsst man nur wach in denen, die sie suchen.

Das Engelchen aber hat in dieser Nacht sein Laternchen nicht wieder angezündet …

Das Tagewerk vor Sonnenaufgang

Es waren eine Schmiede und ein Schmied. Der Schmied aber war ein besonderer Schmied, denn sein Tagewerk lag vor Sonnenaufgang. Das ist ein sehr hartes Tagewerk. Man wird müde und traurig dabei. Man wird still und geduldig dabei. Es gehört viel Kraft dazu. Denn man lebt einsam und schmiedet in der Dämmerung.

Jetzt war es Nacht und der Schmied war nicht in seiner Schmiede. Der Feuergeist in der Esse schlief. Nur sein Atem glomm unter der Asche und streute dazwischen einen sprühenden Funken in die Finsternis. Aber der Funke erlosch bald. Nur ein schwacher Lichtschein blieb und hastete suchend und irrend durch das Dunkel der Schmiede.

Der Blasebalg ließ seinen großen Magen in lauter griesgrämigen Falten hängen. Er sah aus wie ein dicker Herr, der plötzlich abgemagert ist. Man hätte darüber lachen können, aber in der Schmiede war niemand, der zu lachen verstand.

Der Amboss drehte einen dicken Kopf mit der spitzen Schnauze langsam nach allen Seiten und sah sich das alte Eisen an, das heute geschmiedet werden sollte. Es war nicht viel. Nur einige Stücke. Sie lagen in einer Ecke und waren beschmutzt und verstaubt, wie Leute, die eine weite und beschwerliche Wanderung hinter sich haben.

Der Amboss ärgerte sich. »Was für ein hergelaufenes Gesindel hier zusammenkommt! Ein Glück, dass es zuerst in die Esse muss, ehe es mir auf den blanken Kopf gelegt wird. Es wäre sonst zu unappetitlich. Danke bestens; unsereiner ist sauber.«

Der Amboss rümpfte verächtlich die große Schnauze und kehrte dem alten Eisen den Rücken zu. Der Amboss war ein Dickkopf. Er dachte nicht daran, dass er ja auch aus Eisen war und dass das alte Eisen, das so weit gewandert war, auch so blank werden würde, wenn es der Feuergeist erfassen und der Hammer schmieden würde. Er dachte, es gäbe bloß blankes Eisen und schmutziges und bestaubtes – von vornherein – und dabei blieb es. Er war eben ein Dickkopf und er wusste auch nicht, wie mühsam sein Meister dies alte Eisen gesammelt hatte, um es umzuschmieden in der Dämmerung.

Das alte Eisen fühlte sich sehr erleichtert, als der Amboss ihm den Rücken gekehrt hatte und es seine abweisenden Blicke nicht mehr fühlte. Es hatte sie deutlich gefühlt, trotzdem es so bestaubt und so beschmutzt war. Nun begann es, sich flüsternd zu unterhalten.

Es waren Stücke, die dem Alter nach sehr verschieden waren. Es waren ganz alte dabei, die eigentlich in die Raritätensammlung gehörten. Es waren auch ganz junge darunter, die nur wenige Jahre auf der Welt waren. Aber in ihrer Erscheinung waren sie sich alle ganz gleich.

»Sie sind so verrostet«, sagte eine Kette teilnahmsvoll zu einem alten Schwert, »das ist eine sehr schlimme Krankheit. Sie fühlen sich gewiss nicht wohl?« Das Schwert seufzte knarrend zwischen Griff und Klinge. »Es ist ein altes Leiden«, sagte es, »ich habe es schon viele hundert Jahre. Es sind Blutflecke. Ich habe schreckliche Dinge gesehen auf meinem Lebensweg. Ich ging durch viele Hände. Einer schlug den andern mit mir. Einer nahm mich dem andern fort, um wieder andere zu erschlagen. Alles Blut und alle Tränen haben sich in mich hineingefressen. Ich habe wenig Ruhe gehabt. Ich bin in Blut gewatet und der, der das meiste Blut vergossen, läutete die Glocken mit denselben Händen und nannte das seinen Sieg.«

»Ich bin nur wenige Jahre alt«, sagte ein junger Säbel, »aber ich habe ganz dasselbe erlebt.« – »Ich habe andere Siege gesehen«, sagte ein alter rostiger Riegel. »Ich sah Menschen, die gesiegt hatten über sich und die Welt – mit ihren Gedanken. Ich verschloss die Türe, hinter der man sie einsperrte. Sie saßen und verkamen in ihrem Kerker. Aber ihre Gedanken gingen durch die Kerkertüre an mir vorbei und gingen hinaus in alle Straßen.« – »Ich bin weit jünger als Sie«, sagte ein anderer Riegel, »aber ich habe dasselbe tun müssen und habe dasselbe gesehen.«

Der Feuergeist in der Esse atmete stärker und der erste Schein der Morgendämmerung zog über das alte Eisen. Es wurde sehr verlegen und bedrückt, denn nun traten die vielen Flecke noch deutlicher hervor, als im Licht des Feuergeistes, der in der engen Esse mühsam atmet. Das alte Eisen sah traurig auf seinen beschmutzten Körper und redete wirr und klagend durcheinander. »Ich habe eine Mörder halten müssen«, jammerte die Kette, »es war in seiner letzten Nacht. Neben ihm saß ein Mann im Talar und hatte ein Buch in der Hand, auf dem ein goldenes Kreuz draufstand.«

»Ich habe im Schlachthaus arbeiten müssen«, sagte ein langes Messer. »Ich habe Tausenden von Geschöpfen ins entsetzte Auge gesehn, ehe es erlosch. Ich habe tausend Tierseelen umherirren gesehn in einem Hause voller Blut und Grauen. Dabei war ein Stück von mir früher eine Perle im Rosenkranz eines alten stillen Mannes. Es war in Indien und der alte stille Mann fegte den Weg vor sich mit schwachen Armen, um kein Geschöpf zu treten. Er nannte den Wurm seinen Bruder und bat für ihn um den Segen seiner Götter. Er sprach von der Kette der Dinge. Er zeichnete das Gebetsbild in den Sand und fingerte ergeben seinen Rosenkranz, wenn der Wind es verwehte. Die fremden Priester aus Europa höhnten den Glauben des alten Mannes.«

»Wir haben jetzt Europa und seine Kultur«, sagte der Säbel grimmig und schüttelte eine alberne goldene Troddel ab, die an ihm hing. »Wir müssen durch viele Formen wandeln«, sagte das Messer, »das weiß ich von dem alten Mann in Indien. Nur weiß ich nicht, in welche wir kommen sollen.«

»In diesen Formen können wir nicht bleiben!«, riefen alle durcheinander. »Wir sind schmutzig und voller Flecken. Wir wollen umgeschmiedet werden. Wir wollen zum Feuergeist und um eine andere Form bitten. Aber wir wollen nicht warten, bis die Sonne aufgeht. Wir wollen nicht, dass die Sonne uns so findet. Dann bescheint sie unseren Schmutz und unsere Flecken. Aber der Schmied wird nicht so bald kommen. Er schläft gewiss noch.«

Da flog ein Funke aus der Esse mitten in das alte Eisen hinein. »Der Schmied schläft nicht. Er wird gleich kommen«, zischte der Funke, »es ist ein besonderer Schmied. Sein Tagewerk ist vor Sonnenaufgang.« Dann erlosch der Funke.

Die Tür tat sich auf und der Schmied kam herein. Es war ein ernster stiller Mann mit traurigen Augen. Das kam von seinem Tagwerk. Er trat den Blasebalg, dass er alle seine Magenfalten aufklappte und ganz dick anschwoll. Der Feuergeist erwachte in der engen Esse und der Schmied hielt all das alte Eisen ins Feuer. Dann hob er es aus der Feuertaufe und legte es auf den Amboss.

»Was wird aus uns werden – welche Form – welche Form?«, fragte das alte Eisen und das Messer dachte an den armen alten Mann in Indien.

Der Schmied schlug zu. Die Funken stoben. Er schmiedete nur eine Form, die letzte aller Formen. Er schmiedete die Seele des Eisens. Es war sein Tagewerk. Als es fertig war, stand eine glänzende Pflugschar auf der taufeuchten Erde vor der Schmiede.

Ratzepetz

Es war einmal eine kleine Elfe, die tanzte mit ihren Elfenschwestern am Wiesenrain, wo der Holderbaum (Holunderbeerenstrauch) steht, in den die Liebenden ihre Herzen und die Zweige ihre Runenzeichen schneiden. Die Elfen tanzen gerne am Holderbaum, aber es ist gar nicht so ungefährlich da zu tanzen, denn schon manche Elfe hat dabei ihren Schleier verloren.

Der Mond schien dazu und auch die Irrlichter leuchteten, obwohl das gar nicht nötig war, denn wenn der Mond scheint, ist es für einen Elfentanz gerade hell genug. Aber die Irrlichter leuchteten trotzdem mit, sie taten das teils aus Höflichkeit, teils aus Neugier – und dann leuchten sie überhaupt gerne, wenn die Elfen tanzen, obwohl das gar nicht ungefährlich ist. Denn dabei hat schon manche Elfe ihren Schleier verloren.

Als nun der Elfenreigen zu Ende war und die Elfenschwestern ihre Schleier aufnahmen, um nach Hause zu gehen, da sah die kleine Elfe, dass sie ihren Schleier verloren hatte und nun nicht mehr mit den Schwestern gehen konnte. Sie suchte und suchte, aber sie fand ihn nicht mehr. Es war auch dunkel geworden, denn der Mond, der offenbar erkältet war, hielt sich eine Wolke vors Gesicht und nieste und die Irrlichter hatten sich in den Sumpf empfohlen, wo sie eigentlich ja auch zu Hause sind.

Die Schwestern der kleinen Elfe hatten alle noch ihren Schleier. Die brauchten bloß einmal mit den feinen Füßen aufs Gras zu stampfen und die Schleierformel zu sprechen – dann tat der Hügel sich auf und nahm sie in seinen Schoß, als wären sie niemals da gewesen. Nun waren die Elfenschwestern verschwunden und die kleine Elfe war ganz allein im Dunkeln und sie weinte und fürchtete sich. Es ist auch sehr, sehr traurig für eine Elfe, ihren Schleier zu verlieren. Es gilt als eine Schande, sie kann auch nie mehr nach dem Elfenreich zurück und das ist äußerst bedauerlich, wie ein jeder weiß, der einmal im Elfenreich war.

Wie die kleine Elfe nun so da saß und weinte, kam ein Glühwürmchen angekrochen, das von sehr mitleidigem Gemüt war. »Liebe Elfe«, sagte er, »darf ich Ihnen behilflich sein? Der Mond scheint nicht mehr, aber ich kann ihn vielleicht ersetzen. Sie müssen mich ins Haar nehmen, dann werden Sie Ihren Weg schon finden. Ich bin zwar nicht ganz so hell wie der Mond, aber sehr ähnlich.« Die kleine Elfe dankte, setzte sich das Glühwürmchen ins Haar und ging ihren Schleier zu suchen. Aber ob sie auch rechts oder links ging und überallhin spähte, es war weit und breit nichts zu sehen und auch niemand, der ihr hätte Auskunft oder Rat geben können.

Endlich traf sie eine alte dicke Kröte, die am Wegrande saß und wollene Strümpfe strickte. Die Kröte war gar nicht schön, wenigstens nicht nach den Begriffen der Elfen, aber wenn sie lächelte, hatte sie etwas ganz Angenehmes, und so beschloss die kleine Elfe, die alte Kröte um Rat zu fragen. »Ach bitte«, sagte die kleine Elfe, »Sie kennen sich doch hier sicher gut aus. Haben Sie nicht vielleicht meinen Schleier gesehen? Ich habe ihn beim Tanz unter dem Holderbaum verloren.«

»Beim Tanz unter dem Holderbaum haben schon viele Elfen ihre Schleier verloren«, sagte die Kröte und lächelte – aber, wie gesagt, sie lächelte durchaus angenehm. »Leider bin ich da gar nicht sachverständig. Ich bin eine Kröte und stricke mir wollene Strümpfe, weil ich rheumatisch bin. Wollene Strümpfe aber sind kein Elfenschleier, liebes Kind.« – »Das meinte ich auch nicht«, sagte die kleine Elfe. »Ich wollte auch nicht um Ihre wollenen Strümpfe bitten für meinen Elfenschleier, aber ich dachte, Sie könnten mir vielleicht einen Rat geben, denn wenn man schon rheumatisch ist und sich wollene Strümpfe strickt, so muss man doch sicher viel Lebenserfahrung haben.«

»Der Rheumatismus allein macht es nicht«, sagte die Kröte und lächelte wieder – aber, wie gesagt, durchaus angenehm. Dabei kratzte sie sich mit der Stricknadel die Warzen auf dem Rücken. »Aber das ist schon wahr, das habe ich oft gesehen: Es hat schon manche Elfe ihren Schleier verloren und wenn sie ihn nicht wiederfand, so ist sie aus dem Märchenland in den Sumpf gegangen, wo immer Alltag ist, und hat Rheumatismus und wollene Strümpfe bekommen.« – »Ich will aber nicht in den Sumpf«, sagte die kleine Elfe weinerlich, »ich bin ein Märchenkind und will im Märchenlande bleiben.«

Sie erhob bittend die Hände zum Strickstrumpf der rheumatischen Kröte und das Glühwürmchen in ihrem Haar leuchtete geradezu überzeugend. Man konnte gar nicht anders, als derselben Meinung zu sein, man wurde einfach sozusagen überleuchtet.

Die Kröte zählte die Maschen an ihrem Strickstrumpf und überlegte. »Ich will Ihnen was sagen, liebes Kind«, meinte sie endlich. »Hier kann Ihnen nur einer helfen und das ist der weise Kater Ratzepetz. So weise ist keiner im ganzen Märchenland.« – »Aber wo wohnt der Kater Ratzepetz?«, fragte die kleine Elfe. »Der Kater Ratzepetz wohnt im Häuschen an der goldenen Brücke, auf der man ins Sonnenland geht, zusammen mit einem menschenähnlichen Wesen, das ihn sozusagen bedient. Sagen Sie ihm meine schlüpfrigsten Empfehlungen und ich würde ihm zu Weihnachten wollene Strümpfe stricken.«

Da bedankte sich die kleine Elfe tausendmal und die Kröte lächelte ihr angenehmstes Lächeln. Das Glühwürmchen aber empfahl sich mit vielen Segenswünschen, es war erschöpft und nun auch nicht mehr nötig. Denn wenn es auch ruhig mit dem Monde wetteifern konnte – die Brücke ins Sonnenland, an welcher der Kater Ratzepetz lebte, die leuchtete so strahlend in alles Dunkel hinein, dass es nicht schwer war, sie zu finden. Das ist die Brücke, auf der der liebe Gott ins Märchenland wandert, wenn er sich von der Schuld und den Tränen der Menschen erholen muss, und zu den Tieren und Kindern kommt und zu denen, die im Märchenland leben, weil sie die Brüder und Schwestern der Tiere und der Kinder sind.

Als die kleine Elfe an die goldene Brücke kam, da klopfte sie an die Tür des Hauses, in dem der Kater Ratzepetz lebte. Die Tür tat sich auf und ein menschenähnliches Wesen trat heraus. Es war ein Mann, der weiter nicht schön aussah, aber er hatte ein Leuchten in den Augen, weil er das Märchen liebte, die Tiere und die Kinder und weil er dem Kater Ratzepetz diente und sehr, sehr viel von ihm gelernt hatte. Er war wohl auch ein Mensch gewesen und kannte Schuld und Tränen – aber dann hatte er es so gemacht wie der liebe Gott und war ins Märchenland gegangen zum Kater Ratzepetz. Man muss es eben schon dem lieben Gott abgucken, wenn man ins Märchenland kommen will.

»Wer sind Sie?«, fragte das menschenähnliche Wesen die Elfe. »Ich bin eine kleine Elfe«, sagte sie. »Ich habe meinen Schleier verloren und ich will den weisen Kater Ratzepetz sprechen. Die alte Kröte am Wegrand, die Rheumatismus hat, hat mich hergeschickt.« Das menschenähnliche Wesen führte die kleine Elfe ins Haus und nun stand sie vor dem Kater Ratzepetz. Ihr Herz schlug hörbar, denn so gewaltig hatte sie sich den Kater Ratzepetz nicht vorgestellt, so viel sie auch von ihm gehört hatte. Es war eben Ratzepetz – und das Licht von der goldenen

Brücke flutete über sein weiches Fell. Er saß vor einem großen Buch, in dem er krallenhaft geblättert hatte.

»Viele schlüpfrige Empfehlungen von der alten Kröte und sie wird Ihnen zu Weihnachten wollene Strümpfe stricken«, sagte die kleine Elfe. »Ich bin eine kleine Elfe und habe meinen Schleier verloren. Wenn ich meinen Schleier nicht wiederfinde, so muss ich in den Sumpf und kriege Rheumatismus und kann nie wieder zurück ins Elfenreich unter dem grünen Hügel. Es ist sehr traurig.«

Der Kater Ratzepetz dachte nach. Er war vor zweitausend Jahren im Katzentempel von Bubastis (altägypt. Stadt und Kultstätte) gewesen und kannte viele Geheimnisse. Das menschenähnliche Wesen hatte auch schon damals mit ihm gelebt und hatte ihn gepflegt und geliebt wie heute. Ägyptens Sonne war noch in beiden – im Kater Ratzepetz und im Mann aus Bubastis. Das war freilich vor zweitausend Jahren und im Tempel gewesen – aber es gibt so viele Geheimnisse – was sind auch zweitausend Jahre und ist nicht das ganze Märchenland auch ein heiliger Tempel?

»Dein Schleier ist gar nicht verloren«, sagte der Kater Ratzepetz, »die klatschhafte Elster hat ihn dir gestohlen, als du mit deinen Elfenschwestern getanzt hast unter dem Holderbaum. Die Elstern stehlen so gern die Elfenschleier und dann laden sie andere Elstern zum Kaffee ein. Sie zeigen die gestohlenen Schleier und sagen, die Elfen hätten sie verloren. Es gibt freilich sehr viele Elstern, aber ich will schon versuchen, die richtige zu finden. Dann bringe ich dir den Schleier wieder.« – »Ich danke Ihnen tausendmal«, sagte die kleine Elfe, »und ich will auch jeden Tag kommen, um Sie am Halse zu krabbeln.« Der Kater schnurrte, denn er liebte es überaus, so gekrabbelt zu werden. Das war eine Schwäche von ihm und auch große Leute haben ihre Schwächen.

»Ich gehe jetzt zur Elster«, sagte der Kater Ratzepetz zu dem menschenähnlichen Wesen, »setze die kleine Elfe unterdessen unter eine Käseglocke, damit ihr nichts passiert.« Der Kater Ratzepetz ging und das menschenähnliche Wesen setzte die kleine Elfe unter eine Käseglocke. Es war nicht schön drin zu sitzen, aber dazwischen hob das menschenähnliche Wesen die Käseglocke ein bisschen auf und ließ die Elfe hinausgucken und dann erzählte es ihr von den Denkwürdigkeiten des weisen Katers Ratzepetz. Das war so sein Lebensberuf. Der Beruf ist sehr selten.

Der Kater Ratzepetz hatte unterdessen fleißig umhergeschnüffelt und auch bald das richtige Elsternest herausgefunden. Es war hoch auf einem Baum am Rande des Märchenlandes. Denn im eigentlichen Märchenland selbst leben die klatschhaften Elstern nicht. Es wäre ihnen da zu poetisch, sagten sie, und davon bekämen sie Migräne. Es war doch viel netter, in einem warmen Nest zu sitzen, die Elfenschleier aus dem Märchenlande zu stehlen und dann darüber zu klatschen. Das war so ihr Lebensberuf und der Beruf ist sehr häufig.

»Sie haben einen Elfenschleier gestohlen!«, fauchte der Kater Ratzepetz zum Elsternnest hinauf. »Geben Sie ihn sofort zurück!« – »Wie?!«, schnatterte die Elster empört, »Ich bin eine ehrbare Frau und stehle niemals. Ich habe höchstens ein Fundbüro und das auch nur aus Gutmütigkeit, weil es mir leid tut, wenn die Leute leichtsinnig sind und was verlieren.« – »Und was befindet sich eben in Ihrem Fundbüro?« – »Ich will ehrlich sein wie immer und es Ihnen sagen. Ich fand die Gummischuhe eines Frosches, den Regenschirm eines Pilzes, die durchbrochenen Strümpfe einer Bärin und das Klavier einer Eidechse. Weiter kann ich Ihnen nicht dienen und ich habe auch keine Zeit, denn ich gebe heute einen Nestkaffee.«

»Meine Gnädige«, sagte der Kater Ratzepetz, »wenn ich jetzt nach oben komme und selbst nachsehe, dann können Sie ihren Nestkaffee nackt geben, denn ich lasse Ihnen keine Feder am Leibe.« Seine Krallen setzten sich fest in den Baumstamm und rupften beängstigend an der Rinde. Da flog ein Elfenschleier zu Pfoten des Katers Ratzepetz. Die Elster aber sagte den anderen Elstern die kamen, sie habe Migräne und ihr Nestkaffee könne heute nicht stattfinden.

So kam die kleine Elfe wieder zu ihrem Schleier. Und dafür krabbelte sie den Kater Ratzepetz jeden Tag am Halse, so dass er laut und vernehmlich schnurrte. Jeder würde gewiss gerne schnurren, wenn ihn eine Elfe am Hals krabbelte – aber das erlegt nicht ein jeder. Dazu muss man schon so weise werden, wie der weise Kater Ratzepetz.

Das Männchen mit dem Kohlkopf

Es war in einem alten Park, in dem wilde Schwäne auf den Spiegeln dunkler Weiher ihre Kreise zogen, verblichene Marmorbilder lächelten und die Schatten vergangener Zeiten auf bemoosten Bänken saßen. In dem alten Park lebte ein kleines Männchen, das ein recht sonderbares Gewächs war, denn es war sozusagen allmählich aus allerlei Gewächsen zusammengewachsen. Als Kopf aber hatte es einen Kohlkopf. Das Männchen war ein ganz harmloses Männchen, nur kamen so leicht die Raupen in seinen Kohlkopf, was ja bei einem Kohlkopf weiter nicht verwunderlich ist. Dann hatte es richtige Raupen im Kopf und wurde sehr anmaßend.

Es wackelte durch den ganzen Park und tadelte alles. Es fand die Kreise der wilden Schwäne hässlich, es grüßte die Regenwürmer und Käfer nicht mehr, obgleich das allgemein üblich ist, und es sagte sogar der Nachtigall nach, dass sie keine Stimme besitze und zudem eine schlechte Ausbildung genossen habe. Alles im Park ärgerte sich – nur die Marmorbilder lächelten.

Einmal nun, als das Männchen besonders viele Raupen in seinem Kohlkopf hatte, erblickte es auf dem grünen Rasen ein großes Kompottglas. Es mochte schon lange da gelegen haben, denn der Regen hatte es blank gewaschen, so dass es in der Sonne funkelte und blitzte. »Das ist eine passende Krone für mich«, sagte das Männchen und stülpte sich das Kompottglas auf den Kohlkopf, in dem es von Raupen nur so wimmelte.

Mit dem gekrönten Kohlkopf aber wackelte das Männchen durch den ganzen Park und tadelte alles. Sogar die bescheidensten Leute des ganzen Parks, ein kleines Moosehepaar, ließ es nicht in Ruhe. Das Moosmännchen und das Moosweibchen lebten still und zurückgezogen in einer Mauerspalte. Sie störten wirklich niemand, denn sie gingen selten aus und waren überaus häuslich, fast so häuslich wie ihr Onkel, der Hausschwamm, der bekanntlich das häuslichste aller Wesen ist.

Das Moosmännchen und das Moosweibchen waren auch so genügsam. Sie kochten sich mittags nur eine Heidelbeere in einem Fingerhut und das reichte für alle beide. »Eine widerliche Völlerei«, sagte das Männchen mit dem gekrönten Kohlkopf. »Diese einfachen Leute in der Mauerspalte tun auch tagsüber nichts weiter als Essen kochen. Was würde aus dem ganzen Park werden, wenn ich auch so wäre?« Die armen Moosleute waren tief gekränkt. »Eine Heidelbeere für zwei Personen ist gewiss eine auskömmliche und gute Mahlzeit«, sagten sie. »Aber eine unmäßige Mahlzeit ist es sicherlich nicht. Es ist freilich wahr, dass wir die Heidelbeere in einem Fingerhut kochen, aber das tun wir auch nur, weil wir alte Leute sind und keine rohen Heidelbeeren mehr vertragen.« Mit diesen Worten, die gewiss berechtigt waren, zogen sie sich in ihre Mauerspalte zurück. Alles im Park ärgerte sich – nur die Marmorbilder lächelten.

Die Sonne hatte sich aber auch die ganze Geschichte angesehen und sie beschien nun den Kopf des Männchens Tag für Tag mit besonderer Sorgfalt. Es war, als ob es den Sonnenstrahlen geradezu Spaß mache, sich unter dem Glas zu sammeln und den Kohlkopf des kleinen Männchens zu wärmen. Die Sonnenstrahlen tun das sehr gerne. Der Kohlkopf aber wuchs dadurch immer mehr und mehr, das kleine Männchen hörte auf alles zu tadeln und wurde stiller und stiller, bis es eines Tages mit ganz erbärmlichen Kopfschmerzen auf dem grünen Rasen saß.

»Mein Kopf schmerzt so sehr«, jammerte das kleine Männchen, »er wird immer dicker und dicker. Er wächst und wächst und ich kriege das schreckliche Glas nicht mehr herunter! Lieber will ich ungekrönt bleiben, aber solche Kopfschmerzen möchte ich nicht wieder haben!« Sein Jammergeschrei erfüllte den ganzen Park. Die Einwohner des Parks waren alle freundliche und gute Leute. Die Regenwürmer und Käfer krochen teilnahmsvoll näher und auch den wilden Schwänen tat es sehr leid, dass das kleine Männchen solche Kopfschmerzen hatte. Die Nachtigall war ganz still, denn sie sagte sich, dass ihr Gesang mit solchen Kopfschmerzen nicht mehr zu vereinbaren wäre. Aber helfen konnte niemand.

Endlich drang das Klagen des kleinen Männchens auch in die Mauerspalte zu den Moosleuten, die gerade bei Tisch waren und sich eine Heidelbeere im Fingerhut kochten. Sie vergaßen alle Kränkung und eitlen dem kleinen Männchen zu Hilfe, so schnell sie das nur vermochten. Sie fassten das Kompottglas und zogen aus Leibeskräften daran, um den gekrönten Kohlkopf davon zu befreien. Sie zogen so sehr, dass es in ihren Mooskörpern ordentlich raschelte. Die Regenwürmer und Käfer hielten den Atem an vor Spannung.

Endlich ging es! Das Moosmännchen und das Moosweibchen fielen hintenüber, das Kompottglas blieb in ihren Händen – aber der Kohlkopf auch! »Das tut nichts«, sagten sie, »es war ja nur ein Kohlkopf. Wir holen dem Männchen einen neuen und den setzen wir ihm dann auf.« Und das taten sie.

Dem Männchen war nun wieder ganz wohl. »Ich möchte Ihnen aber doch raten«, sagte die Nachtigall, »dass Sie sich in Zukunft die Raupen in Ihrem Kopf rechtzeitig von einem sachverständigen Vogel absuchen lassen.« Das war gewiss ein sehr guter Rat und er sollte von allen befolgt werden, die es angeht.

Die verblichenen Marmorbilder lächelten, Es war ihnen nichts Neues, dass einer den Kopf verlor. Das hatten sie in vergangenen Zeiten in mancher blauen Mondnacht gesehn und es war nicht immer so harmlos abgelaufen wie dieses Mal, wo es ja nur ein Kohlkopf war. Denn es ist viel ungefährlicher, wenn es nur ein Kohlkopf ist, den man verliert, und es schadet darum auch gar nichts, wenn einer bloß einen Kohlkopf hat – aber er muss ihn nicht unter Glas setzen!

Der Generaloberhofzeremonienmeister

Der alte König saß auf seinem Thron und regierte. Er hatte eine Krone auf dem Kopf mit einer warmen Unterlage und an den Füßen trug er Filzpantoffeln. Es war eben schon ein alter König, der sich ein bisschen schonen musste beim Regieren, während sich die Könige ja sonst immer dabei überanstrengen. Außerdem sahen die Filzpantoffeln wirklich sehr hübsch aus, es waren alle sieben Farben darauf gestickt, denn das Land, das der alte König regierte, lag ganz weit von hier irgendwo hinter dem Regenbogen.

Der Regenbogen war das Tor, durch das man hindurchgehen musste, und darum waren seine sieben Farben die Landesfarben und die Farben auf den Filzpantoffeln des alten Königs. Ordentlich fröhliche Füße bekam man, wenn man die Pantoffeln an hatte, und der alte König war auch immer sehr fröhlich, wenn er sie anzog.

Wenn er nun so auf seinem Thron saß und regierte, dann hielt er sein Zepter in der rechten Hand und in der linken einen Reichsapfel. Das war aber kein goldener, sondern ein ganz richtiger Apfel. Der goldene Apfel war dem alten König schon lange zu schwer geworden, er musste auch jeden Tag mit Flanell abgerieben werden und das ist so umständlich. Den richtigen Apfel aber konnte man essen und so aß der alte König eine ganze Menge Reichsäpfel, wenn er so dasaß und regierte. Er nährte sich sozusagen davon. Die Kerne aber spuckte er aus, denn die muss man niemals mitessen, weil das nicht gesund ist und ganz besonders nicht für einen alten König.

Das Land, das der alte König regierte, war nicht groß, denn hinter dem Regenbogen liegen sehr viele Länder, wie jeder weiß, der einmal dahinter gekommen ist. Also können die einzelnen Länder auch nicht so groß sein und das ist auch gar nicht nötig, denn wenn ein Land so sehr groß ist, so muss es auch einen sehr großen König haben, und die sind viel schwerer zu finden, als die großen Länder. So war auch das Schloss des alten Königs nicht groß, aber den Thron konnte man ganz schön darin aufstellen, eine Küche war auch noch dabei und das ist doch schließlich die Hauptsache.

In der Küche wurden jeden Tag Pfefferkuchen gebacken. Früher hatte das immer die alte Königin getan und ihre Pfefferkuchen waren die schönsten in allen Ländern hinter dem Regenbogen. Nun tat sie es schon lange nicht mehr aus dem Grunde, weil sie gestorben war. Aber sie hatte dem Staat ein großes Erbe hinterlassen: das wunderschöne Pfefferkuchenrezept und eine ebenso wunderschöne Prinzessin – und es war schwer zu sagen, welches von beiden das Schönere war. Wenn jemand glaubt, das Schönere müsse doch allemal die Prinzessin gewesen sein, dann hat er noch niemals richtige Pfefferkuchen gegessen, und wenn jemand denkt, die Pfefferkuchen müssten das Schönere gewesen sein, dann hat er noch niemals eine richtige Märchenprinzessin geküsst!

Seitdem nun die alte Königin tot war, buk die Prinzessin die Pfefferkuchen und dann wurden es immer lauter Pfefferkuchenherzen. Der alte König fand das ein bisschen eintönig, aber die Prinzessin konnte eben nur die Herzen formen und dabei seufzte sie, besonders wenn sie die Mandeln hinein drückte.

Der alte König wäre vielleicht auch schon gestorben, aber er wollte dem Reich auch gerne ein großes Erbe hinterlassen und dafür war ihm immer noch kein Rezept eingefallen. So blieb er schon lieber einstweilen leben und regierte seine Untertanen. Er hatte drei ganze Untertanen und einen halben und von denen war einer noch dazu bloß ein Minister. Der halbe Untertan lebte an der Grenze eines anderen Königreiches und da er niemand kränken wollte, so hatte er sich aus lauter Gefälligkeit gleichsam in zwei Hälften geteilt und jedem König eine geschenkt. Der Minister aber war der Minister des Inneren und des Äußeren. Wenn er der Minister des Inneren war, dann stellte er seine Füße einwärts, und wenn er der Minister des Äußeren war, dann stellte er sie auswärts. Das war sehr übersichtlich und das sollte überall eingeführt werden. Aber meistens spielte er mit dem alten König Schafskopf und dann hatte er die Füße einwärts gestellt, denn das war eine innere Angelegenheit.

Das war das ganze Volk, das der alte König regierte, es war freilich noch eine Katze da, aber die ließ sich nicht regieren, denn sie war mit der Prinzessin befreundet und gab ihr gute Ratschläge. Wie nun der alte König wieder einmal auf seinem Thron saß und dazu seinen Reichsapfel aß und regierte, da kam die Prinzessin herein und sagte: »Guten Tag.« – »Guten Tag«, sagte der alte König. »Ich habe Herzen aus Pfefferkuchen gebacken«, sagte die Prinzessin, »und wie ich die Mandeln hinein drücke und seufzte, da ist mir etwas eingefallen. Ich werde heiraten.« – »Tue das«, sagte der alte König. Da freute sich die Prinzessin sehr, dass es dem alten König so recht wäre, und sie fragte: »Weißt du auch, wen ich heiraten will?« – »Nein, das weiß ich nicht«, sagte der alte König, »aber ich denke mir, dass ich das schon erfahren werde.«

»Dann will ich es dir lieber gleich sagen, das ist vielleicht besser«, sagte die Prinzessin. »Ich will unseren halben Untertan heiraten.« Der alte König ließ vor Schreck seinen angebissenen Reichsapfel fallen. »Das könnte dir schon passen«, sagte er, »aber er ersetzt mir meinen halben Untertan? Wir haben so schon nicht viele. Nun willst du auch noch einen Wegekarten und wenn's auch nur ein halber ist.« – »Daran habe ich auch schon gedacht«, sagte die Prinzessin, »aber es ist ja nur ein halber und das ist er auch nur aus lauter Gefälligkeit. Und wenn ich erst geheiratet habe, dann will ich mir auch große Mühe geben und fortwährend Kinder kriegen.«

»Das wird mich sehr freuen«, sagte der alte König, »aber wenn du so viele Kinder kriegst, so sind das alles Prinzen und Prinzessinnen und über wen sollen sie herrschen, wenn wir nur drei ganze Untertanen haben? Denn den halben heiratest du ja weg.« – »Das schadet nichts«, sagte die Prinzessin, »dann können sie über sich selbst herrschen, das ist viel bequemer, denn man hat sich selbst doch immer gleich bei der

Hand.« Die Prinzessin war eben noch sehr jung! Der alte König schwieg dazu und aß seinen Reichsapfel weiter.

»Ich dachte mir, dass wir in drei Tagen heiraten«, sagte die Prinzessin. »Früher kann ich es nicht machen, denn ich muss eine ganze Menge Pfefferkuchen zur Hochzeit backen.« – »Es ist auch nicht nötig, dass du früher heiratest«, sagte er alte König, »denn wenn du nachher fortwährend Kinder kriegen willst, so kommt es auf drei Tage früher oder später auch nicht an.« – »Ich will dann gleich gehen und Herzen aus Pfefferkuchen backen«, sagte die Prinzessin. »Tue das«, sagte der König. Die Prinzessin ging in die Küche, der alte König aber hörte auf zu regieren und dachte sehr stark darüber nach, womit er seiner Tochter eine Überraschung zur Hochzeit bereiten könne.

Als ihm gar nichts einfiel, ging er zur Tür und rief den Minister des Inneren und Äußeren herein, damit er ihm beim Nachdenken helfen solle. Der Minister kehrte die Füße einwärts und bedachte sich's von innen, er kehrte die Füße auswärts und bedachte sich's von außen, aber es fiel ihm auch nichts ein. Das war recht unangenehm, weil man doch nur drei Tage Zeit hatte und die Prinzessin dann schon heiraten wollte.

Da hörten sie ein Posthorn blasen, die Postkutsche kam angefahren und hielt gerade vor dem Reich des alten Königs. »Das werden Mandeln und Rosinen sein, die meine Tochter bestellt hat«, sagte der alte König. Aber es waren keine Mandeln und Rosinen, sondern es war gerade das Gegenteil. Es war eine auswärtige Angelegenheit. Der Postbote brachte eine gewaltig große Kiste von einem Kaiser, der über ein sehr großes Land herrschte, womit aber nicht gesagt ist, dass der Kaiser auch ebenso groß war wie das Land.

Ich habe auch ganz genau gewusst, wie das Land hieß, aber ich kann mich eben nicht darauf besinnen. Der Kaiser mit dem großen Land hatte ein großmächtiges Schreiben dazu geschrieben, worin er dem alten König versicherte, dass er ihm sehr wohlaffektioniert sei und ihm aus allerhöchsteWohlaffektioniertheiteinenGeneraloberhofzeremonienmeister schicke. Der wäre eine besonders große Erfindung seines großen Landes, es wäre am Kopf aufzuziehen und der Schlüssel wäre in der Kiste.

Da freute sich der alte König sehr, denn nun hatte er ja die Überraschung für die Hochzeit der Prinzessin und er schenkte dem Postboten einen Reichsapfel. Der Minister ging mit auswärts gekehrten Füßen um die Kiste herum, denn es war eine auswärtige Angelegenheit, und zwar so auswärtig, wie noch keine gewesen war. Auf dem Deckel war ein amtlicher Stempel »Nicht stürzen!« und die ganze Kiste war von allen Seiten gehörig vernagelt. Der alte König klemmte sein Zepter zwischen die Nägel und brach den Deckel auf, er war schrecklich neugierig, was wohl darin sein möge, denn unter einem Generaloberhofzeremonienmeister konnte er sich beim besten Willen nichts denken, und ich hätte es auch nicht gekonnt.

Zuerst kam Stroh, dann noch einmal Stroh und dann kam der Generaloberhofzeremonienmeister. Der war ganz aus Blech gemacht, hatte eine herrliche bunte Uniform mit goldenen Aufschlägen, einen Orden auf dem Bauch und ein Loch im Kopf, wo man den Schlüssel hineinstecken und ihn aufziehen konnte. Als der alte König das alles sah, musste er sehr lachen, und schrieb gleich eine Postkarte an den Kaiser in dem großen Land, auf das ich mich eben nicht besinnen kann. »Schönen Dank für deinen Generaloberhofzeremonienmeister. Er wird uns sicher viel Spaß machen – und wenn meine Tochter heiratet, wollen wir ihn aufziehen.« Die Postkarte warf er sogleich selbst in den Briefkasten, der am Regenbogen hing.

Der alte König und der Minister, der jetzt nur noch Minister des Äußeren war, packten nun den Generaloberhofzeremonienmeister aus all dem vielen Stroh heraus und stellten ihn auf die Beine. Da sahen sie, dass er einen ganz krummen Rücken hatte. »Das kommt vom langen Liegen in der Kiste«, sagte der alte König. »Es wird sich schon wieder geben.« – »Das glaube ich nicht«, sagte der Minister. »Mir scheint überhaupt, dies ist eine ganz besonders auswärtige Angelegenheit.« – »Vielleicht wird es besser, wenn man ihn aufzieht«, sagte der König und steckte den Schlüssel in seinen Schlafrock. »Aber wir wollen ihn erst aufziehen, wenn die Prinzessin Hochzeit feiert.« – »Ich will ihn dann so lange in die Ecke stellen«, sagte der Minister des Äußeren. »Tue das«, sagte der alte König.

Als nun die drei Tage um waren und die Prinzessin Hochzeit feiern wollte, da schien der Regenbogen besonders schön und im ganzen Lande duftete es nach Pfefferkuchen. Der Minister des Inneren und des äußeren versammelte erst sich selbst, weil er doch gleichsam zweimal da war, und dann versammelte er die zwei anderen Untertanen, die noch übrig waren, und alle gratulierten und bekamen Pfefferkuchen. Der halbe Untertan aber saß bei der Prinzessin und küsste sie und auf ihrem Schoß saß die Katze, die sich nicht regieren ließ, und gab der Prinzessin gute Ratschläge für die Ehe. Besonders riet sie ihr, sie solle es auch so machen wie die Katze und sich auch nicht regieren lassen. Und das versprach die Prinzessin zu tun.

Der alte König saß auf seinem Thron und freute sich. Er hatte sein Zepter in der einen Hand und in der anderen den Reichsapfel, aber diesmal den goldenen und er hatte alles mit Flanell abgerieben, so dass es glänzte. Den Schlafrock und die Filzpantoffeln hatte er auch an und es war wirklich sehr schön. »Das Schönste kommt aber noch, das ist eine Überraschung«, sagte der alte König und holte den Generaloberhofzeremonienmeister aus der Ecke. Er steckte ihm den Schlüssel in das Loch im Kopf und zog ihn auf. Im Kopf gab es nur ein schwächliches Geräusch, aber die Wirkung war eine sehr spaßhafte, so dass alle sehr lachen mussten.

Der Generaloberhofzeremonienmeister verbeugte sich und verbeugte sich, und da er an sich schon einen krummen Rücken hatte, so verbeugte er sich so tief, wie das ein richtiger Mensch gar nicht fertig bekommen hätte. Die Prinzessin fand ihn auch sehr komisch. Aber als er gar nicht aufhören wollte, sich zu verbeugen, da kriegte sie es satt. »Steht doch einmal gerade!«, rief sie. Doch der Generaloberhofzeremonienmeister verstand das nicht, denn das hatte noch niemals jemand zu ihm gesagt und er konnte es ja gar nicht verstehen, weil er eine Puppe war mit einer Uniform und mit einem Orden auf dem Bauch.

Da ärgerte sich die Prinzessin sehr, denn es war eine Märchenprinzessin. Und sie stand auf, gab dem Generaloberhofzeremonienmeister einen tüchtigen Puff in den Rücken und bog ihn gerade. Da aber gab es einen Knacks und der Generaloberhofzeremonienmeister war kaputt. Der alte König bemühte sich, ihn wieder aufzuziehen, aber es war nichts mehr zu machen. »Es ist eigentlich schade um ihn«, sagte der alte König, »er war so sehr komisch.« – »Es schadet gar nichts«, sagte die Prinzessin, »zuerst muss man ja lachen, aber dann ist es auch genug. Ich denke, wir packen ihn wieder ein und schicken ihn zurück, denn auf der Rumpelkammer habe ich keinen Platz, dazu nimmt er zu viel Raum ein. Er passt auch gar nicht in die Länder hinter dem Regenbogen.«

Da packten sie den Generaloberhofzeremonienmeister wieder in die Kiste und schickten ihn dem Kaiser in das große Land zurück. Der Kaiser aber in dem großen Lande ärgerte sich sehr, als er die Kiste aufmachte. Er ließ auch gleich seinen Generaloberhofmechanikus kommen und befahl ihm bei seiner allerhöchsten Ungnade, er solle den Generaloberhofzeremonienmeister sofort wieder in Ordnung bringen.

Der Generaloberhofmechanikus besah sich den Schaden von allen Seiten und machte ein sehr bedenkliches Gesicht. Schließlich meinte er, die Kleinigkeit im Kopf wolle er gern reparieren, dann könne der Generaloberhofzeremonienmeister wieder spazieren gehen. Aber wer einmal einen wirklich geraden Rücken habe, dem sei er nicht mehr krumm zu machen und für den Hofdienst wäre er keinesfalls zu gebrauchen.

Da wurde der Kaiser sehr böse, er nahm dem Generaloberhofzeremonienmeister seine Orden vom Bauch und stellte ihn als ein warnendes Exempel öffentlich aus. Und alles Volk lief herbei, um ihn anzuschauen, denn in dem großen Land, auf das ich mich eben nicht besinnen kann, hatte noch keiner einen Generaloberhofzeremonienmeister mit einem geraden Rücken gesehen. So etwas war einfach noch nicht da gewesen ....

Im Märchenland hinter dem Regenbogen aber waren alle sehr glücklich und zufrieden. Der alte König regierte nicht mehr, er aß seine Reichsäpfel und spielte Schafskopf mit dem Minister, der deshalb bloß noch Minister des Inneren war und nur noch einwärts ging. Der halbe Untertan regierte das ganze Land und das genügte allen vollkommen. Nur die Prinzessin regierte er nicht, denn die machte es wie die Katze und ließ sich nicht regieren. Sie hatte es nun einmal der Katze versprochen.

Aber dafür kriegte sie fortwährend Kinder, genau so, wie sie es ja auch versprochen hatte. Die Kinder waren alle Prinzen und Prinzessinnen und da sie zu wenig Untertanen hatten und niemand beherrschen konnten, so beherrschten sie sich selbst. Und das ist auch noch niemals da gewesen!

Der Hampelmann

Es war ein Hampelmann. Er war rot und aus Papier. Sonst nichts. Bloß so zum Spaß. Auf dem Rücken hatte er eine Schnur und wenn man dran zog, hampelte er mit armen und Beinen. Es sah sehr komisch aus und alle, die an ihm zogen, lachten. Der Hampelmann lachte nicht, denn es ermüdete ihn, den ganzen Tag Arme und Beine zu bewegen, wenn andere an ihm zupften. Das ist kein leichter Beruf. Aber er ist sehr verbreitet. Der Hampelmann war auch traurig, dass er nur aus Papier war, sonst aus nichts, und eigentlich überhaupt nur so gemacht war – bloß so zum Spaß.

Dazu störte ihn die rote Farbe. Rot ist so auffallend und passt gar nicht, wenn man immer hampeln muss. Rosa hätte es sein müssen, dachte er, das würde besser passen. Denn er gehörte einem kleinen Mädchen, das ein rosa Kleid trug. Der Hampelmann liebte das Mädchen und hätte es gerne geheiratet. Es war so sehr freundlich. Aber es ging nicht. Er war ja aus Papier und das kleine Mädchen konnte es nicht mal merken, wie es geliebt wurde, denn die Liebe eines Hampelmanns saß wie jede richtige Liebe im Herzen und sein Herz war im Papier, grad auf der Stelle, wo die Leute immer an der Schnur zogen. Darum tat es auch besonders weh. Nur das kleine Mädchen konnte dran herumziehen. Das schadete nichts.

»Es ist ein roter Teufel«, sagte der Bruder des kleines Mädchens. Das Mädchen verzog den Mund. »Das ist er gar nicht«, sagte es, »es ist ein ganz richtige Hampelmann und ein sehr feiner. Ich liebe ihn sehr.« Der Hampelmann wäre vor Freude rot geworden, aber er war ja so schon rot. Da erübrigt sich das. »Der kann nichts wie hampeln. Wenn er ein Bein verliert, schenke es mir«, sagte der Junge. »Er verliert keine Beine!«, sagte das Mädchen empört.

»Man könnte ihm eins ausreißen«, schlug der Knabe mit höflicher Bosheit vor. »Dann hab ich das Bein und er stirbt vielleicht und wird ein richtiger Teufel in der Hölle. Die Hölle ist auch rot. Ich weiß das.« Das kleine Mädchen fasste den Hampelmann fester. »Wenn du dem Hampelmann ein Bein ausreißt, kommst du selbst in die Hölle, pass mal auf«, sagte es. »Oder wenn du nicht in die Hölle kommst, verstecke ich deinen Federkasten und sage dir nicht, wo er ist. Ätsch!« – »Er wird ein Teufel, ein Teufel, ein Teufel!!«, schrie der Junge vergnügt und tanzte auf einem einzigen Bein – gleichsam symbolisch. Es war grausig.

Dem Hampelmann schlug das Herz im Papier, so dass es an der Schnur zog – und die arme und Beine hampelten vor Entsetzen. »Du bist hässlich«, sagte das kleine Mädchen, »wenn der Hampelmann einmal stirbt, wird er ein Engel und kein Teufel. Alle werden Engel. Bloß die nicht, die anderen die Beine herausreißen. Die werden Teufel, da hast du's!«

Das war ein furchtbares Argument, gegen das nicht aufzukommen war. Man musste auf die Zukunft hoffen und ihr alle weiteren schauerlichen Pläne vertrauensvoll überlassen. »Du wirst schon sehen«, höhnte der Junge, »du meinst wohl, jeder der kaputt geht, wird ein Engel? Quatsch!«

Das kleine Mädchen brachte den Hampelmann in den Puppenschrank. Da war er vorläufig am sichersten. Denn den Puppenschrank durfte der Bruder nicht anrühren. Sonst bekam er Prügel. Es war eine Art Asylrecht und aus der Notwendigkeit entstanden – wie wenige Gesetze. Im Schrank waren viele Puppen.

»Vertragt euch«, sagte das kleine Mädchen, »und tretet ihm nicht auf die Beine. Sie sind so lang.« Die Puppen rückten höflich zusammen und machten den langen Beinen Platz. Aber es war kaum nötig. Der Hampelmann hatte sie schon bescheiden zusammengefaltet. Er war dankbar für das Asyl, das ihm geboten wurde. Die Puppen waren auch so freundlich und erkundigten sich nach Einzelheiten seiner ermüdenden Tätigkeit. Nur eine besonders vornehme Puppe, die ganz in Seide angezogen war, rümpfte die bemalte Porzellannase und sagte: »Es ist wirklich unpassend, Leute, die bloß aus Papier sind, hier zu uns zu setzen. Ich habe gerade an den Puppen genug, die nur in Wolle oder Musselin gekleidet sind und nicht aus dem allerersten Laden stammen.«

Die anderen Puppen schwiegen bedrückt. Der Nussknacker war leider beruflich im Speisezimmer beschäftigt. Sonst hätte er der vornehmen Puppe auf den Bauch getreten. Das tat er in solchen Fällen immer und sagte ihr dazu, dass sie nur einen hohlen Porzellankopf habe. Der Nussknacker war ein Philosoph und er nannte das seine Methode. Nicht alle Methoden der Philosophen sind gut. Aber diese ist bei vornehmen Puppen wirklich die allerbeste. Doch der Nussknacker war nicht da und so setzte niemand der vornehmen Puppe den hohlen Porzellankopf zurecht.

Dem armen Hampelmann wurde ganz schwach. Er hatte sich so über das Asyl gefreut und war so dankbar gewesen. Aber er war zu feinfühlig und darum konnte er nicht bleiben. Leute, an denen zu viel gezupft worden ist und die viel gehampelt haben, werden sehr feinfühlig in allen Dingen – mehr als gut tut.

So wurde er sehr traurig und beschloss, zu dem kleinen Mädchen zu gehen, das er liebte, und um Hilfe zu bitten. Er schob die langen Beine nach vorn und hastete an die Schranktür. Die kleinen Puppen halfen bedrückt und bedauernd sie zu öffnen und der Hampelmann hüpfte hinaus. Die langen Beine schlugen klatschend auf.

Das kleine Mädchen war nicht da. Aber der Junge hörte die Beine klatschen und kam triumphierend angelaufen. Er dachte: Es lohnt nicht, wenn ich ihm ein Bein ausreiße, man nimmt es mir wieder weg. Da nahm er den Hampelmann und warf ihn in den Kamin. Der Kamin brannte, denn es war Winter und draußen fielen die Flocken. Das Feuer im Kamin freute sich sehr. Es macht keine Unterschiede und man kann ihm das nicht Übel nehmen. Es belleckte den Hampelmann mit lauter roten Zungen und das vertrug er nicht. Denn er war ja nur aus Papier gemacht – bloß so zum Spaß.

Er krümmte ein paar Male die langen Arme und Beine, mit denen er so viel gehampelt hatte. Dann zerfiel er zu Asche und mit ihm die Schnur, an er ihn alle Leute immer so viel gezupft hatten. Das war noch das Beste dabei.

Das kleine Mädchen kam dazugelaufen. Es brachte den Nussknacker in den Puppenschrank zurück. Aber für den armen Hampelmann war es zu spät. »Ich habe deinen Hampelmann in den Kamin geschmissen«, schrie der Junge, »er ist aber doch kein Engel geworden, trotzdem er ganz futsch ist. Bäh!« Das kleine Mädchen weinte bitterlich.

Der Junge bekam Prügel und der Nussknacker trat der vornehmen Puppe in den Bauch, als er hörte, was geschehen war. So schwebte zwar über dem Trauerfall die Stimmung ausgleichender Gerechtigkeit der höheren Mächte, aber die Tränen des kleinen Mädchens waren doch bitter genug, denn es war der erste Hampelmann, der ihm zu Asche geworden war. Draußen war es Winter und die Flocken fielen auf die Erde.

»Ich werde den Hampelmann immer im Herzen behalten«, sagte das kleine Mädchen. »Dann ist er nicht futsch und nicht gestorben. Denn ich sterbe ja nicht. Bloß die alten Leute sterben. Ich will aber nicht alt werden. Man darf dann wohl alles durcheinander essen, was man will, aber man stirbt später. Ich finde, es hat keinen Witz.«

Das dachte das kleine Mädchen natürlich bloß so. Es wird auch groß werden und alles durcheinander essen und dann sterben. Nur das, was es im Herzen hatte, wird nicht sterben und darum wird auch der Hampelmann leben bleiben, was eine große Beruhigung ist.

Denn wer einmal im Herzen eines Menschenkindes war, der bleibt ewig leben und es ist auch ganz gleich, dass er nur ein armer Hampelmann war, der sein Leben lang gehampelt hat, wenn andere ihn an der Schnur zogen, und der überhaupt nur aus Papier gemacht war – bloß so zum Spaß …

Das gläserne Krönlein

Es war einmal ein wunderschönes Königskind, das hatte ein gläsernes Krönlein. Und das war so gekommen: Als dem alten König und der alten Königin ein Prinzesschen geboren wurde, da herrschte eitel Freude im ganzen Reich und alle Leute aus allem Land kamen herbei, um das kleine Königskind zu sehen und ihm irgend etwas in die seidene Wiege zu legen, Gold und Silber und Edelgestein und allerlei Schmuck und Geschmeide. Und es war kein Ende all der schönen Schüsseln und Schalen und Becherlein und der Ketten, Ringe und Spangen. Und der alte König und die alte Königin gaben jedem ein Glas Wein und sagten: »Ich danke dir schön!«, und waren sehr zufrieden und glücklich und froh über die wunderschönen Sachen – und am allermeisten über ihr wunderschönes Königstöchterlein.

Als die Leute aber alle fort waren und jeder in sein Land gezogen, da kam eine seltsame fremde Fee an Prinzesschens Kinderbett, und niemand wusste woher. Und die fremde Fee lächelte gar wunderbar und legte ein kleines gläsernes Krönlein auf den Königspurpur der Wiege und sagte dazu:

Du kleines Königstöchterlein,
das Krönlein musst du hüten fein,
und mag es mancher noch so sehr,
du gibst es nie und nimmer her,
bis dass ein feiner Knabe kommt,

der dir wohl als Herzliebster frommt.
Dann schenkst du ihm das Krönlein gleich
Und führst ihn in dein Königreich.

Und als die fremde Fee das gesagt hatte, hat sie das Königskind geküsst und ist leise, leise wieder von dannen gegangen und niemand wusste wohin. Aber im Schlosse hing noch drei Tage und drei Nächte lang ein Duft von Flieder und Rosen und durch die großen marmelsteinernen Hallen und Prunkgemächer ist's gehuscht, wie lauter verirrte Sonnenstrahlen. Das war sehr schön und der alte König und die alte Königin und alle Leute im Schlosse merkten daran, dass ein Wunder geschehen war und dass es eine gar seltsame Bewandtnis hatte mit dem gläsernen Krönlein. Nur was das eigentlich alles war, wussten sie alle nicht, und war auch niemand, der's ihnen sagen konnte.

Das gläserne Krönlein aber wurde gar gut gehütet und bewacht und in eine güldene Kammer getan und die war mit sieben güldenen Schlössern verschlossen und mit sieben güldenen Riegeln verriegelt. Und erst als das kleine Prinzesschen ein großes Prinzesschen geworden war und noch viel schöner und holdseliger war, wie damals, als es in der seidenen Wiege lag, da wurden an der güldenen Kammer die sieben Schlösser aufgeschlossen und die sieben Riegel gelöst und das gläserne Krönlein hervorgeholt und dem Königskind auf das lange Lockenhaar gesetzt. Und der alte König und die alte Königin weinten dabei, weil es doch ein so sehr feierlicher Augenblick war, und sagten dazu: »Sei nur ja recht vorsichtig, dass das gläserne Krönlein nicht zerbricht.«

Die schöne Königstochter freute sich sehr und versprach auch ganz, ganz vorsichtig zu sein. Sie schaute nicht links und schaute nicht rechts, sondern immer geradeaus, damit ihr das gläserne Krönlein nur ja nicht vom langen Lockenhaar fiele. Das Krönlein aber glänzte und funkelte noch tausendmal heller und schöner, als der hellste und schönste Demantstein. Und da das junge Königskind immer nur geradeaus ging und nicht rechts und nicht links sah, so ist das Krönlein auch gar nicht einmal irgendwo angestoßen oder gar heruntergefallen. Nachts aber, wenn das Prinzesschen schlafen ging, dann standen zwölf weiß gekleidete Jungfrauen um das Königslager herum und hüteten das gläserne Krönlein.

Das leuchtete und lohte weit aus dem Königsschloss heraus ins nächtliche Land, und das war sehr gut, denn es gab keine Laternen im

Königreich und wenn nicht gerade der Mond schien, war es doch gar zu dunkel. So waren alle sehr glücklich und zufrieden und priesen die fremde Fee und das gläserne Krönlein und nicht zum Wenigsten das wunderschöne junge Königskind.

Aber eines Tages, als das Prinzesschen allein im Garten spazieren ging, unter all den vielen tausend Bäumen und Blumen, da hat's mit einem Male eine seltsame Wunderblume gesehen, die ganz heimlich und unbemerkt über Nacht erblüht war. Trotzdem sie in der Erde stand und im entferntesten Winkel des Gartens, so überstrahlte sie doch alle die anderen Blumen durch ihre zauberhafte Schönheit. Sie war gar herrlich anzusehen und hatte wunderlich geformte Blätter und eine große blaue Blüte, in deren tiefem Kelch es rot schimmerte, wie von roten Blutstropfen. Und ein Duft ging von dem Kelch aus, so seltsam süß und wunderbar weich, dass das Königskind gar nicht wusste, wie ihm geschah. Es beugte sich tief und immer tiefer auf den Kelch der Wunderblume herab, um ihren Blütenduft zu atmen, und da wurde ihm so zu Mute, wie ihm noch nie gewesen war. Das gläserne Krönlein aber löste sich von dem Lockenhaar der Königstochter – fiel auf die Erde und zerbrach.

Da erbebte alles und das Königsschloss mit Hofstaat und Gesinde und allem, was dazu gehörte, versank, und das ganze Land mit all seinen Bewohnern war verschwunden. Der Tag ward finstere Nacht und das Prinzesschen saß allein auf grauer Heide und vor ihm lag das zerbrochene gläserne Krönlein. Als nun die Königstochter sah, dass das gläserne Krönlein zerbrochen war und dass alles versunken war, mit allem, was sie liebte, und sie allein und verlassen auf grauer Heide saß und noch dazu in stockfinsterer Nacht, da fing sie gottsjämmerlich an zu weinen und machte sich bittere Vorwürfe, dass sie über der seltsamen Wunderblume so ganz vergessen hatte, dass sie ein gläsernes Krönlein trug.

Da hörte sie's plötzlich neben sich ganz gedankenvoll: »Ja, ja, das hast du nun davon!«, und wie sie hinsah, saß ein großer alter Rabe da, der war sehr schwarz und sehr weise, und schaute, die Füße einwärts und den Kopf ganz eingezogen, mit aufmerksamen Blicken auf das gläserne Krönlein. »Ach, es ist so schrecklich, so schrecklich!«, schluchzte das Königskind und war doch beinahe froh, dass nun etwas Lebendiges in seiner Nähe saß und es nicht mehr so mutterseelenallein war mit seinem Jammer. »Ja, es ist sehr schrecklich!«, sagte der Rabe ruhig und klappte dabei gemütlos mit den Flügeln.

Weil nun aber das arme Prinzesschen so gar erschrecklich weinte, so wurde der weise Rabe schließlich doch auch etwas gerührt. Er wischte sich sogar vorsichtig mit der Kralle eine Träne vom Auge, wackelte zur Königstochter hin und klopfte ihr beruhigend mit dem Flügel auf die Schulter und sagte dazu: »Ja, es ist schrecklich, aber es ist doch nicht ganz so schrecklich, als es hätte sein können. Du hast ja die Wunderblume nicht abgebrochen, was noch viel schlimmer gewesen wäre. Und dann führen Feengeschenke nie zu einem schlechten Ende, selbst denjenigen nicht, der damit nicht umzugehen verstand!«

Die letzten Worte sagte er etwas strenger und schob dabei bedeutsam mit dem Schnabel die beiden Stücke des gläsernen Krönleins auseinander, das eine nach rechts und das andere nach links, so dass man recht deutlich sehen konnte, dass das Krönlein zerbrochen war. »Ach, gibt es denn nichts, was das Krönlein wieder heil machen könnte?«, fragte das Königstöchterlein. »Du weißt doch gewiss sehr viel. Kannst du mir's nicht sagen?« Der Rabe schloss geschmeichelt die Augen und schob dann die Stücke des Krönleins wieder höflich zusammen. »Ich glaube wohl«, sagte er, »aber was da hilft, kann ich dir auch nicht sagen, du musst eben suchen.«

Da stand die Königstochter auf, nahm die beiden Stücke ihres gläsernen Krönleins und steckte sie in die Tasche, seufzte sehr tief und bedankte sich beim Raben für seinen Rat und die tröstenden Worte. »Bitte, bitte, sehr gern geschehen«, sagte der Rabe und reichte ihr die Kralle zum Abschied. Die arme Königstochter aber ging ihrer Wege im Bettelgewand und mit ihrem zerbrochenen gläsernen Krönlein, auf dass sie jemand fände, der es ihr wieder heil mache.

So kam sie in einen großen dunklen Wald, wo die Bäume so alt waren, dass sie's selbst nicht mehr wussten, und ihr Geäst war so dicht, dass sich nur selten ein Sonnenstrahl aufs grüne Moos verirrte. Die Königstochter ging immer weiter und weiter, und als sie schon ganz weit gegangen war, da sah sie plötzlich ein kleines Männchen vor sich, es saß auf einem Baumstumpf, war gar gräulich anzusehen und hatte eine Nase so rot wie ein Karfunkelstein und spinnendürre Beinchen. Sein Gewand aber war herrlich, von lauter flüssigem Gold und auf dem Kopf saß eine goldene Krone mit Zacken und auf jeder der Zacken war ein Edelstein und jedesmal ein anderer, so dass sie alle darin waren.

Die ganze Krone war so schwer, dass man sich wundern musste, wie das Männchen sie tragen konnte mit den spinnendürren, gebrechlichen Beinchen. Aber es trug sie doch und rauchte auch noch Pfeife dazu, eine kleine ganz zierliche goldene Pfeife, in der ein Tannenzapfen glimmte.

»Guten Tag«, sagte das Männchen, »was fällt dir ein, in diesen Wald zu kommen?« Dabei spuckte es ganz giftig nach rechts und nach links. »Ich wusste nicht, dass es verboten ist«, entschuldigte sich die Königstochter schüchtern und ängstlich. »So, so«, sagte das Männchen, »ich bin der König der Zwerge und ich will dir meine Werkstätte zeigen – und das ist eine große Gnade!« Damit hüpfte das Männchen so schnell vom Baumstumpf herunter, dass die große Krone bedenklich wackelte, nahm die Pfeife aus dem zahnlosen Mund und stampfte dreimal mit den dünnen Füßchen auf den Boden.

Da tat sich die Erde auf und rote Glut lohte heraus und die Königstochter sah eine Treppe, die tief in die tiefste Tiefe führte. Die Stufen schienen kein Ende zu nehmen, es graute ihr, da hinab zu steigen, und sie blieb zögernd am Eingang stehen. Aber das Männchen fuhr auf sie los: »Es ist eine große Gnade«, fauchte es ermunternd. Da wagte die Königstochter nichts zu entgegnen und folgte dem komischen kleinen König die vielen, vielen Stufen hinab. Es war aber doch nicht so schlimm, als sie sich's gedacht hatte. Ehe sie sich's versehen, war sie unten und mitten drin in den Werkstätten der Zwerge.

Das waren lauter große, kunstvoll in den Felsen gehauene Säle und da stand überall Amboss an Amboss und Esse an Esse. Das war eine Glut von all dem lohenden Feuer und ein Lärm von den vielen Hämmern, die die vielen Zwerglein schwangen, dass einem Hören und Sehen verging.

In dem einen Saal wurden allerlei Waffen und Wehr geschmiedet, blanke Schwerter und glänzende Rüstungen und Schilde, und allerlei seltsame Zauberzeichen wurden darauf eingegraben zum Schutz gegen Hieb und Stich. In einem anderen Saal wurden kostbare goldene und silberne Geräte angefertigt, Schüsseln und Schalen und Prunkpokale für die Königstafel des kleinen Männchens. Und auch für Feen war manches davon bestimmt, denn die Feen lassen sehr viel in den Werkstätten der Zwerglein arbeiten.

Die Königstochter staunte all die Pracht an und wurde doch nicht froh, denn sie dachte immer an ihr zerbrochenes gläsernes Krönlein.

Das Männchen aber hüpfte ganz aufgeregt hin und her und guckte jedem Zwerglein auf die Arbeit, ob sie auch gut und wunderbar genug wäre, so wie sich's für eine Zwergenwerkstatt geziemt. Und wenn ihm etwas nicht recht war, dann fauchte es und ärgerte sich und spuckte nach rechts und nach links und das sah sehr komisch aus. Wenn ihm aber etwas ganz besonders gefiel, dann beugte es sich ganz tief herab, rieb sich die dürren Händchen vor Vergnügen und seine Nase glühte dazu so rot, dass das lodernde Feuer der Essen gar nichts dagegen war.

Dann führte der kleine König die Prinzessin in einen dritten Saal und da war es viel stiller und auch nicht so rauchig und rußig, und man hörte nur ein ganz feines leises Hämmern, das klang wie lauter klingende Silberglöcklein. Da wurden Edelsteine gefasst zu allerlei schönen Geschmeiden und kleine Kronen wurden drin geschmiedet, die die Elfen bekommen, wenn sie artig sind und nachts im Mondschein den Ringelreihen schlingen. Wie nun die Königstochter die zierlichen kleinen Krönlein sah, da freute sie sich sehr und dachte, die Zwerglein könnten dann doch auch ihr gläsernes Krönlein wieder zurecht hämmern. Und so holte sie das gläserne Krönlein hervor, zeigte dem Männchen die beiden stücke und sagte: »Ach bitte, kannst du mir nicht das Krönlein wieder schmieden lassen? Es ist entzwei gegangen und das ist sehr traurig, und so lange es nicht wieder heil ist, muss ich auch immer traurig bleiben.«

Das Männchen sah empört auf: »Was fällt dir ein?«, schrie es ganz giftig, »es ist sowieso schon eine große Gnade, dass ich dich hier herunter geführt habe und gläserne Krönlein kann man überhaupt nicht wieder schmieden. Wenn sie entzwei sind, sind sie entzwei – ja!« Da fing die arme Königstochter so bitterlich an zu weinen, dass alle die Zwerglein ihre Hämmer niederlegten und mit der Arbeit aufhörten und der kleine König ganz still wurde und ihm sogar eine große Träne langsam und schwer über die Karfunkelnase rollte. »Ich habe eben auch Gemüt«, sagte er, »wenn auch nicht viel, denn viel kann ich nicht brauchen, aber du tust mir wirklich leid, und ich will dir etwas sagen: Ich will dir ein kleines güldenes Elfenkrönlein schenken, ja, das will ich. Aber es ist wirklich eine sehr große Gnade!« Doch die Königstochter blieb so traurig wie sie war und sagte: »Ich danke dir, aber ich mag kein Elfenkrönlein und wenn es noch so schön sei. Ich will nur mein gläsernes Krönlein wieder geschmiedet haben und wenn du das nicht kannst, dann muss ich schon weiter suchen.«

Da wurde das kleine Männchen böse. Es stampfte mit den spinnendürren Beinchen, dass die Krone hin und her wackelte und fuchtelte mit den Ärmchen dazu und spuckte nach rechts und nach links. »Du magst kein Elfenkrönlein?«, schrie es wütend, »dann mach', dass du fortkommst! Es ist alles eine so große Gnade – und was fällt dir überhaupt ein?« Da fingen die Hämmer wieder an zu schlagen, dass die Hallen dröhnten, und die Essen lohten auf, dass man vor lauter Ruß und Rauch den Feuerschein nicht mehr erkennen konnte. Die Königstochter aber befand sich auf einmal wieder draußen im tiefen Walde, auf dem grünen Moosboden, grad' an dem Baumstumpf, wo sie das Männchen zuerst gesehen hatte.

Und sie raffte ihr Bettelgewand zusammen und setzte traurig ihren Weg weiter fort. Und als sie drei Tage und drei Nächte gegangen war und sich nur von wilden Beeren genährt und auf der bloßen Erde geschlafen hatte, ganz allein und einsam und ohne ein lebend Wesen zu sehen, da erblickte sie im Morgensonnenschein hoch auf höchster Höhe eine marmelsteinernen Tempel, der war ganz und gar mit den herrlichsten Lorbeerbäumen umstanden. Und wie die Königstochter hinauf in den Lorbeerhain kam, da sah sie lauter Gestalten drin umhergehen mit bleichen, ernsten Gesichtern und mit einem Lorbeerzweig im Haar. Aber niemand sagte ein Wort und die Königstochter traute sich auch niemand anzureden und zu fragen.

An den Stufen des Tempels aber kam ihr ein Engel entgegen, der war wunderschön, aber sehr ernst und traurig, ganz so wie die vielen Gestalten im Lorbeerhain, und der Engel kam auf sie zu und sagte: »Ich bin der Engel des Ruhmes, was willst du in meinem Tempel und in meinen heiligen Hainen?« – »Ich hab ein gläsernes Krönlein«, sagte die Königstochter, »das ist mir zerbrochen und nun muss ich immer wandern und suchen, bis ich jemand finde, der es mir wieder heil macht.«

Da nahm der Engel sie freundlich bei der Hand und führte sie in seinen Tempel hinein und da drinnen war alles von Marmelstein und an den Wänden und Säulen standen goldene Namen geschrieben und die Morgensonne schien darauf, dass sie glänzten und leuchteten – und draußen um die Mauer ging leise der Höhenwind und rauschte in den Wipfeln der Lorbeerbäume.

»Das sind alles die Namen derer, die draußen so still und ernst umhergehen«, sagte der Engel, »es sind die Namen derer, die ihr innerstes Fühlen und Denken der Welt geschenkt haben und die von den Menschen unten mit Ehrfurcht und Dankbarkeit genannt werden. So lange sie auf der Erde sind, geht es ihnen freilich nicht gut und sie müssen sehr viel kämpfen und leiden, und darum sind sie auch so still und ernst. Aber wenn sie die Erde verlassen haben, dann kommen sie zu mir und leben hier oben – und hier ist Ruhe und Klarheit und ewige Morgensonne. Und wenn du magst, will ich dich auch zu einer der Meinigen machen und du wirst einen Lorbeerzweig tragen und dein Name wird in goldenen Lettern in meinem Tempel stehen.«

»Das wäre sehr schön und ich danke dir sehr«, sagte die Königstochter, »aber wird dann mein gläsernes Krönlein wieder heil werden? Wenn du das machen könntest, dann würde ich gerne bei dir bleiben.« – »Nein, das kann ich nicht«, sagte der Engel und sah sehr traurig aus. Und als er das sagte, schien's der Königstochter, als wären die goldenen Namen nicht mehr so glänzend und die Morgensonne nicht mehr so strahlend und die Lorbeerbäume matt und welk.

Die Königstochter ging aus dem Tempel hinaus und durch die heiligen Haine und ging wieder weiter und immer weiter. So ging sie sieben Tage und sieben Nächte, immer gen Norden zu, und rings um sie herum war Schnee und Eis und es war bitter kalt, so dass sie vor Frost zitterte in ihrem ärmlichen dünnen Bettelkleid. Der Wald hörte auf, Strauchwerk und Blumen wurden immer spärlicher und schließlich war das arme Königskind zwischen lauter tief verschneiten Felsen, und inmitten der Felsen erhob sich ein wunderbares Schloss, das war das Schloss der Eiskönigin – und alle Tore und Türme und Mauern waren aus kristallklarem Eis und schimmerten im blauen Mondlicht.

Am Eingang standen zwei Männer, die trugen eine Rüstung aus Eis und hielten große Eiszapfen als Lanzen in der Hand, und wenn sie sich bewegten, dann knackten und klirrten sie vor lauter Frost. Hoch in der Königshalle aber saß die Eiskönigin auf kristallem Throne und flocht sich silberne Mondstrahlen ins Haar und lachte dazu so seltsam, dass es klang, als ob kleine Eisstückchen zerbrechen. Draußen aber um die Schlossmauer fielen unaufhörlich weiche, weiße Schneeflocken.

Die arme Prinzessin im Bettelgewand wurde von den zwei Männern zum Throne der Eiskönigin geführt, und während die beiden Männer die langen Eiszapfen ehrerbietig vor ihrer Herrin neigten, machte die Königstochter einen tiefen Knicks und sagte: »Kannst du mir nicht mein gläsernes Krönlein wieder heil machen? Es ist zerbrochen und das ist sehr traurig und ich muss immer wandern und suchen, bis ich jemand finde, der es mir wieder zusammenschmiedet.« – »Nein, das kann ich nicht«, sagte die Eiskönigin und lächelte dabei ganz seltsam, »aber du kannst hier bei mir in meinem Schlosse bleiben und ich will dir ein Herz aus Eis geben, das tust du in deine Brust und dann vergisst du alles und fühlst nichts mehr und denkst auch nicht mehr an dein zerbrochenes Krönlein. Das ist sehr hübsch, du sitzt dann neben mir, wir flechten uns Mondenstrahlen ins Haar – und draußen fallen lauter weiße, weiche Schneeflocken.«

Die Königstochter schüttelte traurig den Kopf und sagte: »Ich danke dir schön, aber ich mag kein Herz aus Eis, und wenn du mein gläsernes Krönlein nicht heil machen kannst, dann kann ich nicht bleiben und muss schon wieder weitersuchen.« – »Ja, dann musst du schon wieder zurück auf die Erde. Viel Glück auf den Weg!«, sagte die Eiskönigin und lachte kalt und höhnisch dazu, dass es klang, als ob kleine klare Eisstücke zerbrechen.

Das arme Königskind ging wieder zurück auf die Erde und wanderte immer weiter und weiter und diente hier und dort als Magd, um sich sein tägliches Brot zu verdienen. Überall war das schöne Mädchen gern gesehen, und man ließ es nur schweren Herzens wieder ziehen, doch es blieb nirgends und hatte keine Ruhe bei Tag und bei Nacht. Von ihrem zerbrochenen Krönlein aber sagte sie niemand mehr etwas, denn es konnte ihr ja doch keiner helfen, dachte sie.

Und wie sie so im Lande umherzog, da kam sie einmal vor ein wunderschönes Schloss, und da fragte sie, wem das Schloss gehöre. »Das Schloss gehört dem alten König, der so gerne süße Suppe isst«, bekam sie zur Antwort. »Könnt ihr mich nicht als Magd gebrauchen?«, fragte sie weiter. Da wurde der Koch geholt und der Koch holte den Oberkoch und der Oberkoch holte den Küchenminister und der sagte: »Ja!« So wurde die arme Prinzessin mit dem zerbrochenen gläsernen Krönlein eine Küchenmagd im Schlosse des alten Königs, der so gerne süße Suppe aß. Sie war fleißig und bescheiden und alle hatten sie gerne.

Da geschah es, dass der junge Prinz, der der Sohn des alten Königs war, von einer langen, langen Reise zurückkehrte. Er war wohl durch hundert Länder gefahren, um sich eine Frau zu suchen; das hatte der alte König so gewollt, denn er hatte genug vom Regieren und wollte sich zurückziehen und nur noch süße Suppe essen. Der junge Prinz aber hatte keine Prinzessin gefunden, die ihm gefiel und die er hätte von Herzen lieb haben können – und so kam er sehr traurig wieder zurück in seines Vaters Schloss. Der alte König und die alte Königin waren auch sehr traurig und das ganze Land natürlich auch.

Als der Prinz aber einzog, erblickte er plötzlich die neue Küchenmagd und es war ihm, als habe er nie etwas so Schönes und Liebreizendes gesehen und als habe er noch niemand so lieb gehabt. Da stieg er vom Pferde, ging auf sie zu, fasste sie bei der Hand und fragte sie, ob sie seine Frau werden wolle.

Die Königstochter nickte und lächelte und war so glücklich, dass sie alles um sich herum vergaß und nur immer den Prinzen ansah, denn es war ihr, als habe sie noch nie etwas so Schönes und Ritterliches gesehen und als habe sie noch niemand so lieb gehabt. Und der Königssohn reichte seiner Braut den Arm und führte sie zum alten König und sagte: »Lasst mich die freien, ich will keine andere.« Der alte König aber sagte: »Eine Magd kann nicht Königin sein, das geht nicht.«

Da wurde der Prinz sehr traurig, die Prinzessin aber tröstete ihn und sagte, dass sie eine ganz richtige Königstochter wäre und keine Küchenmagd. »So, so«, sagte der alte König, »dann geht es.« Und er umarmte erst die Prinzessin und dann den Prinzen und nachdem alle beide zusammen.

Und es wurde ein großes Fest angesagt und morgen sollte die Hochzeit sein. Als aber dann am anderen Tage die Prinzessin, mit dem kostbarsten Hochzeitskleid und dem schönsten Geschmeide angetan, im Königssaal stand unter all den vielen, vielen Ministern und Hofdamen und Trabanten, da sagte der Prinz zu ihr: »Nun setze dein Krönlein auf, damit wir einander angetraut werden.« Da fiel der armen Prinzessin mit einem Male ihr zerbrochenes gläsernes Krönlein ein, das sie über all ihrer Liebe zum Königssohn ganz und gar vergessen hatte – und sie fing bitterlich an zu weinen und unter heißen Tränen holte sie die beiden Stücke des Krönleins und zeigte sie dem Prinzen und dachte, dass nun alles, alles aus und vorbei wäre.

Der ganze Hof geriet in die größte Bestürzung, die Minister schüttelten missbilligend die weisen Häupter, die Hofdamen rümpften die Nase und die Trabanten standen nicht mehr stramm und kerzengerade wie früher. Der junge Königssohn aber sagte gar nichts, sondern neigte sich zur armen weinenden Prinzessin nieder und küsste sie auf den Mund.

Und in demselben Augenblick tat sich das zerbrochene gläserne Krönlein wieder zusammen, so fest, als ob es nie zerbrochen gewesen wäre. Und während alle über das Wunder staunten, setzte der Prinz der Prinzessin das Krönlein ins Haar und das funkelte und glänzte schöner und heller, als der schönste und hellste Demantstein, so dass sogar die Krone des alten Königs gar nichts dagegen war, trotzdem er sie noch kurz vorher sehr sorgfältig geputzt hatte.

Da war ein großer Jubel im Schloss und im ganzen Lande und es wurde eine herrliche Hochzeit gefeiert und gegessen und getrunken und der alte König aß dreimal so viel süße Suppe wie sonst und freute sich furchtbar.

Wie sie aber beim Hochzeitsmahl saßen, da kam eine goldene Karosse vorgefahren und heraus stiegen die Eltern der Prinzessin, die nun erlöst waren mitsamt dem ganzen versunkenen Königreich. Da kannte die Freude keine Grenzen mehr und alle umarmten sich so lange, bis sie müde wurden: die Könige und die Königinnen, der Prinz und die Prinzessin, und die Minister, die Hofdamen und die Trabanten. Und als sie sich genug umarmt hatten, da sagte der alte König, der so gerne süße Suppe aß, zu dem andern alten König: »Jetzt wollen wir unsere beiden Reiche zusammentun und das Regieren den jungen Leuten überlassen. Wir aber wollen uns zurückziehen und nur noch süße Suppe essen.«

So geschah es und alle waren damit zufrieden. Der junge König aber und die junge Königin regierten zusammen und es war ein gar glückliches Königreich unter dem gläsernen Krönlein.

Die Postkutsche

Der Bär Tobias Muffelfell saß behaglich vor seiner Höhle und drehte die Daumen seiner Tatzen umeinander. Dazwischen aß er Knusperchen, die ihm seine Frau gebacken hatte und durch seine Seele zogen liebliche Bilder des Winterschlafes. Jeder, der den Winterschlag kennt und liebt, wird Tobias Muffelfell das nachfühlen können.

Seine Kinder spielten Fußball mit einem Kürbis, während Frau Muffelfell in der Höhle Knusperchen backte, wie sie es stets zu tun pflegte. Sie hatte sich eine große weiße Schürze umgebunden und trug eine Haube auf dem Kopf, denn es ist sehr unangenehm, wenn der

Küchendampf sich einem so stark ins Fell setzt. Niemand konnte so schön Knusperchen backen wie Frau Muffelfell und es war eine Freude, ihr zuzusehen, wenn sie den Teig mit den Tatzen knetete und allerlei hübsche Muster mit ihren Krallen hinein drückte.

Als Frau Muffelfell fertig war, wischte sie sich die Tatzen mit der Schürze ab und trat vor die Höhle hinaus. »Tobias«, sagte sie, »der Honig ist alle. Du musst den neuen Honig bringen. Sonst kann ich keine Knusperchen mehr backen.« Tobias Muffelfell verzog höchst unangenehm berührt die Schnauze und brummte ungnädig. »Es gibt keinen Honig mehr in der ganzen Nachbarschaft«, sagte er, »wie soll ich welchen beschaffen?« – »Du bist ein Mann, Tobias«, sagte seine Frau, »mache eine Erfindung.« Tobias Muffelfell stützte den Kopf in die Tatzen und dachte nach. Es dauerte sehr lange.

»Jetzt weiß ich, was ich machen werde«, sagte er endlich und ging zu seiner Frau in die Küche, »ich werde eine Postkutsche bauen und die Leute von einem Ende des Waldes zum anderen fahren. Dafür müssen sie mir Honig geben. Ist das nun eine Erfindung?« – »Ich weiß gar nicht, was eine Erfindung ist«, sagte Frau Muffelfell. »Aber du sagtest doch, dass ich eine Erfindung machen soll?«, sagte Tobias Muffelfell erstaunt. »Du bist ein Mann, Tobias«, sagte Frau Muffelfell, »ich dachte, du wirst schon wissen, was eine Erfindung ist.« – »Dann ist es bestimmt eine Erfindung«, sagte Tobias Muffelfell und baute gleich eine Postkutsche aus einem hohlen Baumstamm und vier Rädern. Das Innere polsterte er sorgsam mit Heu und Moos aus, so dass es wirklich sehr hübsch und bequem aussah.

Dann malte er große Anzeigen über sein neues Unternehmen auf Birkenrinde und klebte sie mit Harz an die Bäume in der ganzen Nachbarschaft. Am Tage der ersten Abfahrt hatten sich auch wirklich Fahrgäste eingefunden. Es waren ein Fuchs, eine Ente, ein Frosch, eine Fliege und ein Pfifferling. Tobias Muffelfell musterte die Gesellschaft misstrauisch. »Habt ihr auch Honig?«, fragte er. »Wenn ihr keinen Honig habt, fahre ich euch nicht in der Postkutsche.« Alle versicherten, sie würden bestimmt Honig beschaffen, sie hätten ihn nur eben nicht bei sich, denn das ganze Unternehmen sei ihnen zu überraschend gekommen.

Tobias Muffelfell gab sich zufrieden. Er ließ die Fahrgäste einsteigen und wollte abfahren. »Tobias«, sagte Frau Muffelfell, »das sind fast alles Leute, die einander verspeisen. Wenn sie sich unterwegs aufessen, dann kriegst du keinen Honig mehr.« – »Das ist wahr«, sagte Tobias Muffelfell. »Also dies ist eine Postkutsche und hier darf keiner den anderen fressen!«, brüllte er unhöflich in den Wagen hinein. Dann spannte er sich vor und die Fahrt ging los.

Die Fahrgäste begannen sich über den Zweck ihrer Reise zu unterhalten. Der Fuchs fuhr zur Jagd zu seinem Vetter, dem Wolf. Die Ente reiste in einen anderen Teich, um sich einmal gehörig über ihre ganze Verwandtschaft aussprechen zu können. Der Frosch reiste in Regierungsangelegenheiten. Er hatte ein Krönchen auf dem Kopf und war von kaltem und königlichem Geblüt. Die Fliege fuhr nur aus Leichtsinn mit und der Pfifferling überhaupt ohne den allergeringsten Grund.

Leute, die aufeinander Appetit haben, dürfen nicht zusammen in einer Postkutsche fahren. Der Fuchs war der erste, der das einsah. Er bekam einen solchen Appetit auf die Ente, dass ihm das Wasser im Munde zusammenlief. Er hatte in der Eile überhaupt schon schwach gefrühstückt. »Ich kann es nicht mehr aushalten«, sagte er und sprang von der Postkutsche ab – nur aus Appetit.

Es dauerte nicht lange, da sprang auch die Ente ab. Sie konnte den Frosch nicht mehr ansehen. Lieber wollte sie den Weg zu Fuß weiter watscheln, als neben jemand zu sitzen, der ihrer Meinung nach in ihren Magen, aber nicht in eine Postkutsche gehörte.

Nach einer Weile wurde dem Frosch, der an sich schon grün war, grün vor Augen. Sein Mund erweiterte sich unangenehm beim Anblick der Fliege und er sprang ab – auch aus Appetit.

Der Bär Tobias Muffelfell hatte nichts von alledem bemerkt. Es war ihm wohl so vorgekommen, als wäre die Postkutsche leichter geworden, aber er dachte, das käme von der Übung beim Ziehen. Jetzt hielt er an. »Erste Haltestelle!«, schrie er und guckte in die Postkutsche hinein.

Die Fliege flog davon und in der Postkutsche saß einzig und allein nur noch der Pfifferling. »Die anderen sind alle ausgestiegen«, erklärte er, »weil einer auf den anderen Appetit hatte und es nicht mehr aushalten konnte. Die Fliege ist davongeflogen, weil sie leichtsinnig ist. Nur ich bin sitzen geblieben, um das neue Unternehmen zu stützen.«

»Wer sind Sie denn überhaupt?«, schrie Tobias Muffelfell. »Ich bin Pilz von Beruf«, sagte der Pfifferling freundlich. »Können Sie denn überhaupt bezahlen?«, fragte Tobias Muffelfell. »Nein, das kann ich nicht«, sagte der Pfifferling, »ich bin ja eigentlich auch ganz ohne jeden Grund mitgefahren.«

»So«, sagte Tobias Muffelfell, »das ist eine unerhörte Unverschämtheit von einem so knirpsigen Kerl mit einem so piepsigen Stimmchen. Dafür kippe ich Sie hier einfach aus und Sie können sehen, wie Sie auf Ihren kurzen Beinen allein wieder zurück wackeln.« – »Das tut nichts«, sagte der Pfifferling, »ich bin Pilz von Beruf und bleibe ruhig hier sitzen. Ich warte den ersten warmen Regen ab und dann kriege ich Kinder. Alles übrige ist mir einerlei.« Da zerschlug Tobias Muffelfell seine Postkutsche und ging sehr erbost nach Hause.

Seine Bärenkinder kamen ihm schon von Weitem entgegen gelaufen: »Papa«, riefen sie heulend, »wir können nicht mehr Fußball spielen. Wir haben keinen Fußball mehr.« – »Warum habt ihr keinen Fußball mehr?«, fragte Tobias Muffelfell böse. »Wir haben ihn aufgegessen, Papa«, sagten die Kleinen. Da gab Tobias Muffelfell jedem seiner Bärenkinder eine Tatzenohrfeige. »Tobias«, sagte Frau Muffelfell, »du siehst aus, als wären die Motten in deinen Pelz gekommen. Ich denke mir, du solltest doch lieber keine Erfindung mehr machen.«

Ein Bär kann ruhig Erfindungen machen. Man muss bloß nicht alles durcheinander in einer Postkutsche fahren wollen – sonst bleibt am Ende nichts weiter übrig als nur ein Pfifferling!

Der kleine Tannenbaum

Es war einmal ein kleiner Tannenbaum im tiefen Tannenwalde, der wollte so gerne ein Weihnachtsbaum sein. Aber das ist gar nicht so leicht, als man das meistens in der Tannengesellschaft annimmt, denn der Heilige Nikolaus ist in der Beziehung sehr streng und erlaubt nur den Tannen als Weihnachtsbaum in Dorf und Stadt zu spazieren, die dafür ganz ordnungsmäßig in seinem Buch aufgeschrieben sind. Das Buch ist ganz erschrecklich groß und dick, so wie sich das für einen guten alten Heiligen geziemt. Und damit geht er im Walde herum in den klaren kalten Winternächten und sagt es allen den Tannen, die zum Weihnachtsfeste bestimmt sind. Dann erschauern die Tannen, die zur Weihnacht erwählt sind, vor Freude und neigen sich dankend. Dazu leuchtet des Heiligen Heiligenschein und das ist sehr schön und sehr feierlich.

Und der kleine Tannenbaum im tiefen Tannenwalde, der wollte so gerne ein Weihnachtsbaum sein. Aber manches Jahr schon ist der

Heilige Nikolaus in den klaren kalten Winternächten an dem kleinen Tannenbaum vorbeigegangen und hat wohl ernst und geschäftig in sein erschrecklich großes Buch geguckt, aber auch nichts und gar nichts dazu gesagt. Der arme kleine Tannenbaum war eben nicht ordnungsmäßig vermerkt – und da ist er sehr, sehr traurig geworden und hat ganz schrecklich geweint, so dass es ordentlich tropfte von allen Zweigen.

Wenn jemand so weint, dass es tropft, so hört man das natürlich, und diesmal hörte das ein kleiner Wicht, der ein grünes Moosröcklein trug, einen grauen Bart und eine feuerrote Nase hatte und in einem dunklen Erdloch wohnte. Das Männchen aß Haselnüsse, am liebsten hohle, und las Bücher, am liebsten dicke, und war ein ganz boshaftes kleines Geschöpf.

Aber den Tannenbaum mochte es gerne leiden, weil es oft von ihm ein paar grüne Nadeln geschenkt bekam für sein gläsernes Pfeifchen, aus dem es immer blaue ringelnde Rauchwolken in die goldene Sonne blies – und darum ist der Wicht auch gleich herausgekommen, als er den Tannenbaum so jämmerlich weinen hörte und hat gefragt: »Warum weinst du denn so erschrecklich, dass es tropft?«

Da hörte der kleine Tannenbaum etwas auf zu tropfen und erzählte dem Männchen sein Herzeleid. Der Wicht wurde ganz ernst und seine glühende Nase glühte so sehr, dass man befürchten konnte, das Moosröcklein finge Feuer, aber es war ja nur die Begeisterung und das ist nicht gefährlich. Der Wichtelmann war also begeistert davon, dass der kleine Tannenbaum im tiefen Tannenwalde so gerne ein Weihnachtsbaum sein wollte, und sagte bedächtig, indem er sich aufrichtete und ein paarmal bedeutsam schluckte:

»Mein lieber kleiner Tannenbaum, es ist zwar unmöglich, dir zu helfen, aber ich bin eben ich und mir ist es vielleicht doch nicht unmöglich, dir zu helfen. Ich bin nämlich mit einigen Wachslichtern, darunter mit einem ganz bunten, befreundet, und die will ich bitten zu dir zu kommen. Auch kenne ich ein großes Pfefferkuchenherz, das allerdings nur flüchtig – aber jedenfalls will ich sehen, was sich machen lässt. Vor allen aber – weine nicht mehr so erschrecklich, dass es tropft.« Damit nahm der kleine Wicht einen Eiszapfen in die Hand als Spazierstock und wanderte los durch den tief verschneiten Wald, der fernen Stadt zu.

Es dauerte sehr, sehr lange, und am Himmel schauten schon die ersten Sterne der heiligen Nacht durchs winterliche Dämmergrau auf die Erde hinab und der kleine Tannenbaum war schon wieder ganz traurig geworden und dachte, dass er nun doch wieder kein Weihnachtsbaum würde.

Aber da kam's auch schon ganz eilig und aufgeregt durch den Schnee gestapft, eine ganze kleine Gesellschaft: der Wicht mit dem Eiszapfen in der Hand und hinter ihm sieben Lichtlein – und auch eine Zündholzschachtel war dabei, auf der sogar was draufgedruckt war und die so kurze Beinchen hatte, dass sie nur mühsam durch den Schnee wackeln konnte. Wie sie nun alle vor dem kleinen Tannenbaum standen, da räusperte sich der kleine Wicht im Moosröcklein vernehmlich, schluckte ein paarmal ganz bedeutsam und sagte:

»Ich bin eben ich – und darum sind auch alle meine Bekannten mitgekommen. Es sind sieben Lichtlein aus allervornehmsten Wachs, darunter sogar ein buntes, und auch die Zündholzschachtel ist aus einer ganz besonders guten Familie, denn sie zündet nur an der braunen Reibfläche. Und jetzt wirst du also ein Weihnachtsbaum werden. Aber was das große Pfefferkuchenherz betrifft, das ich nur flüchtig kenne, so hat es auch versprochen zu kommen, es wollte sich nur noch ein Paar warme Filzschuhe kaufen, weil es gar so kalt ist draußen im Walde.

Eine Bedingung hat es freilich gemacht: Es muss gegessen werden, denn das müssen alle Pfefferkuchenherzen, das ist nun mal so. Ich habe schon einen Dachs benachrichtigt, den ich sehr gut kenne und dem ich einmal in einer Familienangelegenheit einen guten Rat gegeben habe. Er liegt jetzt im Winterschlaf, doch versprach er, als ich ihn weckte, das Pfefferkuchenherz zu verspeisen. Hoffentlich verschläft er's nicht!«

Als das Männchen das alles gesagt hatte, räusperte es sich wieder vernehmlich und schluckte ein paarmal gar bedeutsam und dann verschwand es im Erdloch. Die Lichtlein aber sprangen auf den kleinen Tannenbaum hinauf und die Zündholzschachtel, die aus so guter Familie war, zog sich ein Zündholz nach dem anderen aus dem Magen, strich es an der braunen Reibfläche und steckte alle die Lichtlein der Reihe nach an. Und wie die Lichtlein brannten und leuchteten im tief verschneiten Walde, da ist auch noch keuchend und atemlos vom eiligen Laufen das Pfefferkuchenherz angekommen und hängte sich sehr freundlich und verbindlich mitten in den grünen Tannenbaum, trotzdem es nun doch die warmen Filzschuhe unterwegs verloren hatte und arg erkältet war.

Der kleine Tannenbaum aber, der so gerne ein Weihnachtsbaum sein wollte, de wusste gar nicht, wie ihm geschah, dass er nun doch ein Weihnachtsbaum war.

Am anderen Morgen aber ist der Dachs aus seiner Höhle gekrochen, um sich das Pfefferkuchenherz zu holen. Und wie er ankam, da hatten es die kleinen Englein schon gegessen, die ja in der heiligen Nacht auf die Erde dürfen und die so gerne die Pfefferkuchenherzen speisen. Da ist der Dachs sehr böse geworden und hat sich bitter beklagt und ganz furchtbar auf den kleinen Tannenbaum geschimpft.

Dem aber war das ganz einerlei, denn wer einmal in seinem Leben seine heilige Weihnacht gefeiert hat, den stört auch der frechste Frechdachs nicht mehr.

Das verlorene Lied

Es war einmal ein armer Hirtenbub, der hütete das Vieh hoch oben im Gebirge. Seine Eltern waren schon lange tot und er hatte nur noch eine Stiefmutter – und die war böse und konnte hexen. Sie war schlecht gegen den armen Hirtenbuben und er wäre schon lange davongelaufen, wenn er sich nicht so sehr vor ihr gefürchtet hätte. Denn sie konnte doch hexen – und wenn jemand hexen kann, so ist das nicht angenehm für die anderen Leute und man muss sich gar sehr in Acht nehmen. Darum blieb der kleine Hirtenbub lieber, aber er war sehr traurig und unglücklich und wenn er so allein im Mittagssonnenlicht auf der grünen Wiese lag und die bunten Kühe um ihn herumstanden und recht langweilig aussahen, dann dachte er oft daran, ob es wohl einmal besser werden würde.

Doch die Kühe blieben stehen und sahen langweilig aus und die Wolken zogen vorbei, denn es war ja hoch oben auf den Bergen, und die Sonne ging zur Ruhe und es blieb alles wie es war. Eines Tages aber, als der arme Hirtenbub ganz besonders traurig und unglücklich war und wieder daran dachte, ob es wohl einmal besser werden würde, da wurde er müde und schlief ein. Wie er so dalag und schlief, da sah er plötzlich eine wunderschöne Fee vor sich, die hielt eine Laute aus

Rosenholz in den Händen und feine silberne Saiten waren draufgespannt und das war gar seltsam anzuschauen. Die Fee aber griff in die Saiten der Rosenlaute und sang dazu:

> Ich kenne ein Lied von holdem Klang,
> das zieht die ganze Erde entlang.
> Und ist nichts so lieb und heilig und hold
> In der Tiefe und oben im Sternengold,
> wie das Lied von dem, wenn zwei sich frein
> und wollen einander das Liebste sein.
> Da ist nichts so lieb und heilig und hold
> In der Tiefe und oben im Sternengold.

Wie das Lied zu Ende war, da lächelte die Fee und nickte dem Hirtenbuben zu und legte ihm die Laute von Rosenholz in den Schoß. Der Bub aber wusste gar nicht, wie ihm geschah, und als er erwachte, meinte er zuerst, das Ganze wäre wohl nur ein Traum gewesen. Doch die Laute von Rosenholz lag wirklich und wahrhaftig in seinem Schoß – und wie er sie in seine Hand nahm und in die feinen silbernen Saiten griff, da erklangen gar wunderbare Weisen und immer neue Lieder fielen ihm ein.

Aber so wie das Lied der Fee waren sie doch alle nicht und er konnte und konnte sich nicht darauf besinnen, so sehr er sich auch mühte und nachdachte. Und da fasste ihn mit einem Male eine so unsagbare Sehnsucht nach jenem Liede, dass er alles vergaß, die Kühe, die so langweilig aussahen, und die Stiefmutter, die hexen konnte, und dass er auf und davon ging, um die seltsame Weise wiederzufinden.

Von der Tiefe war drin die Rede gewesen und vom Sternengold und in den Beiden wollte er suchen, dachte er bei sich. Denn das andere hatte er vergessen oder nicht verstanden. So ging er immer weiter und weiter und wollte in die Tiefe kommen und wusste nur nicht wie. So kam er schließlich an einen großen See, der lag ganz vereinsamt im Walde, nur am Ufer hupften lauter grüne Frösche herum und quakten dazu. Der Hirtenbub meinte, die Frösche müssten doch wohl am besten in der Tiefe Bescheid wissen, und so trat er auf einen Frosch zu, grüßte höflich und fragte:

»Ach bitte, kannst du mir nicht sagen, wie man in die Tiefe kommt?« – »Ja, das ist für dich wohl nicht so leicht«, sagte der Frosch und schluckte eine Fliege herunter. »Warum willst du überhaupt nach unten? Bleibe doch lieber oben.« – »Mir hat eine Fee ein Lied gesungen auf dieser Laute von Rosenholz«, sagte der Hirtenbub, »aber ich kann mich nicht mehr auf das Lied besinnen und nun will ich es suchen.« – »Das ist ja sehr schlimm«, meinte der Frosch gedankenvoll, »war es vielleicht so ähnlich, wie wir singen?« – »Nein, es war ganz anders«, sagte der Hirtenbub. »Dann wird es wohl auch nichts Besonderes gewesen sein«, sagte der Frosch hochmütig und blies sich dabei auf, so dass er ganz dick wurde. »Aber ich will dir den Gefallen tun und mal den Froschkönig fragen, ob er dich empfängt. Dann kannst du selbst mit ihm darüber sprechen.«

Ehe der Hirtenbub sich noch besinnen konnte, war der Frosch ins Wasser gehüpft, dass es nur so klatschte – und fort war er. Es dauerte eine ganze Weile, dann kam er wieder, machte eine Verbeugung und sagte: »Majestät lässt bitten.« Da tat sich das Wasser auf und trat zur Seite, so dass der Hirtenbub mitten hindurch gehen konnte, bis tief auf den Grund des Sees und zum Palast des Froschkönigs.

Der Froschkönig war ganz besonders grün und hatte ein kleines goldenes Krönlein auf und saß, die Beine übereinander geschlagen, auf einem großen Wasserrosenblatt. Neben ihm saßen viele alte, dicke Frösche, die alle sehr würdig aussahen, und um ihn herum schwammen kleine Nixen und warfen ihm Kusshändchen zu. Dann lächelte der Froschkönig immer und das sah sehr eigentümlich aus, weil er doch einen so sehr großen Mund hatte. Der Hirtenbub aber verneigte sich tief vor seiner feuchten Majestät und sagte:

»Guten Tag. Ich suche ein Lied, das mir eine Fee gespielt hat auf dieser Laute von Rosenholz. Aber ich kann mich nicht mehr darauf besinnen, wie es war. Es ist auch nicht so, wie die Frösche singen.« Da ging der Froschkönig an zu denken und mit ihm alle die alten dicken Frösche, die neben ihm saßen. Endlich sagte er: »Wenn es nicht so ist, wie die Frösche singen, dann kann es nur so sein, wie die Nixlein singen.« Dabei winkte er mit der grünen königlichen Hand den Nixlein, die um ihn herum schwammen und ihm Kusshändchen zuwarfen, und die Nixlein fingen an zu singen und der Froschkönig schlug mit den feuchten Füßen den Takt dazu und es war sehr schön.

Aber als es zu Ende war, da sagte der Hirtenbub: »Ich danke dir sehr und es war auch sehr schön, aber es war doch nicht so wie das Lied, das mir die Fee gesungen.« – »Ja, dann tut es mir von Herzen leid«, sagte der Froschkönig, »aber dann kann ich dir wirklich nicht helfen.« Er reichte dem Hirtenbuben die nasse Hand zum Abschied und war sehr gerührt und höflich und ließ ihn wieder hinauf an das Ufer des Sees geleiten. Der Hirtenbub aber dachte: »Wenn es nicht in der Tiefe ist, so muss es wohl in der Höhe sein, oben im Sternengold.« Denn das andere hatte er ja vergessen oder nicht verstanden.

So ging er hoch hinauf auf einen Berg, wo die Wolken an ihm vorbeizogen, und als eine Wolke gerade recht nahe und bequem vorbeikam, da sagte er: »Ach bitte, nimm mich doch mit!« – »Steige nur auf meinen Rücken«, sagte die Wolke, »aber beeile dich, denn ich habe keine Zeit und muss zum Wolkenkönig.« Der Hirtenbub sprang auf den Rücken der Wolke und im Nu ging es fort durch die weite Luft über Meere und Länder. Und ehe sich's der Hirtenbub versah, war er am Schloss des Wolkenkönigs angekommen und der Wolkenkönig stand auf der Treppe und bestimmte gerade, wo es heute regnen sollte.

»Ja, wer ist denn das?«, sagte er erstaunt, als er den Hirtenbuben sah, »du willst wohl Sternenputzer werden?« – »Nein, Sternenputzer möchte ich nicht werden«, sagte der Hirtenbub, »aber mir hat eine Fee ein Lied gespielt auf einer Laute von Rosenholz und das Lied habe ich vergessen und ich wollte nur einmal fragen, ob es nicht vielleicht hier oben zu finden wäre.« – »So, so«, sagte der Wolkenkönig, »ich werde mal nachsehen« – und holte ein großes Buch hervor, wo alle die Lieder drin standen, die die kleinen Sternlein sangen, wenn sie nachts spazieren gehen. Aber es war nichts darunter, was so gewesen wäre, wie das Lied der Fee auf der Laute von Rosenholz.

Da wurde der Hirtenbub sehr traurig und ging wieder auf die Erde zurück auf einer Treppe, die ihm der Wolkenkönig gezeigt hatte. Und wie er wieder auf der Erde war, da zog er überall umher in allen Landen und sang den Leuten seine Lieder und spielte dazu auf seiner Laute von Rosenholz. Die Leute waren alle froh und wollten nur immer und immer wieder die wunderbaren Weisen hören und baten ihn, doch immer bei ihnen zu bleiben, und boten ihm Geld und Gut und hohe Ehren.

Er aber hatte nirgends Ruhe und war sehr traurig, denn er dachte, er würde das verlorene Lied nun nie und nimmer wiederfinden. So wanderte er jahrein, jahraus und endlich kam er vor ein herrliches Königsschloss, in dem lebte eine wunderschöne junge Königin. Die hatte etwas vergessen – und da sie selbst nicht wusste, was sie eigentlich vergessen hatte, so konnte ihr auch niemand helfen, sich darauf zu besinnen, und es war große Trauer in den Königshallen und im ganzen Lande. Der Hirtenbub aber fragte, ob er vor der traurigen jungen Königin seine Lieder singen dürfe. Es wurde ihm erlaubt und er wurde in den Königssaal geführt, wo die traurige junge Königin auf dem Throne saß. Die Minister standen um sie herum in goldstrotzenden herrlichen Kleidern und hatten große Taschentücher in der Hand, weil sie doch immer so viel weinen mussten um die traurigen junge Königin. Denn mehr als weinen konnten sie nicht, weil die Königin ja selbst nicht wusste, was sie vergessen hatte, und ihr also auch niemand helfen konnte.

Wie der Hirtenbub aber die Königin sah, da ward ihm ganz wunderbar zu Mute und er hatte sie von ganzen Herzen lieb. Und als er nun vor ihr singen sollte, da fiel ihm mit einem Male das Lied ein, das ihm die Fee gesungen und es war ihm, als könne er gar kein anderes mehr singen. So nahm er die Laute von Rosenholz zur Hand, griff in die feinen silbernen Saiten und sang dazu:

> Ich kenne ein Lied von holdem Klang,
> das zieht die ganze Erde entlang.
> Und ist nichts so lieb und heilig und hold
> In der Tiefe und oben im Sternengold,
> wie das Lied von dem, wenn zwei sich frein
> und wollen einander das Liebste sein.
> Da ist nichts so lieb und heilig und hold
> In der Tiefe und oben im Sternengold!

Und wie er das Lied gesungen, da stieg die Königin von ihrem Thron herunter und hatte ganz und gar vergessen, dass sie etwas vergessen hatte, und trat auf den Hirtenbuben zu und küsste ihn und sagte: »Ich habe dich lieb und will deine Frau sein.« Da jubelte alles und freute sich und die Minister steckten die Taschentücher wieder ein und es wurde eine herrliche Hochzeit hergerichtet.

Wie es aber gerade losgehen sollte mit den Hochzeitsfeierlichkeiten, da meldete de Oberhofmeister drei große Frösche, die vom Froschkönig zum Gratulieren geschickt waren. Sie wurden hereingebeten und gratulierten und waren sehr grün und hießen: Herr Schlupferich, Herr Hupferich und Herr Tupferich.

Der Wolkenkönig aber hatte ein kleines Sternchen geschickt, das knickste und leuchtete und gratulierte dazu. Und es war eine ganz herrliche Hochzeit. Es wurde gegessen, getrunken und getanzt und Herr Schlupferich, Herr Hupferich und Herr Tupferich tanzten auch mit und benahmen sich dabei sehr manierlich, so wie sich das für feine und vornehme Frösche gehört. Etwas nasse Füße hatten sie freilich, aber das schadete nichts.

So war alles sehr schön, nur das kleine Sternlein war unvorsichtig und hatte sich, um besser sehen zu können, dem Minister für außerordentliche Angelegenheiten auf den Kopf gesetzt, so dass hochdero Perücke zu brennen anfing. Aber das Feuer wurde bald gelöscht, wie das bei einem Minister für außerordentliche Angelegenheiten gar nicht anders zu erwarten ist – und das Sternlein wurde ermahnt, daran zu denken, dass doch nicht jeder Kopf solch ein Feuer verträgt.

Und als die ganze Hochzeit zu Ende war und der junge König und die junge Königin allein waren, da küssten sie sich auf den Mund und sangen das verlorene Lied dazu, das einst die Fee gespielt hatte auf der Laute von Rosenholz.

Das Kellermännchen

Zwischen zwölf und ein Uhr nachts wird alles lebendig, von dem die dummen Menschen glauben, dass es überhaupt nicht lebendig werden kann. Aber alle die vielen Dinge, die sonst immer so steif und still daliegen, als könnten sie kaum »Guten Tag« sagen, die werden dann lebendig. – Und sie kümmern sich sehr wenig darum, ob die dummen Menschen daran glauben oder nicht.

Und so wurde es auch in dem kleinen alten Städtchen lebendig, als die Uhr vom Kirchturm Unserer Lieben Frau mit zwölf dumpfen schweren Schlägen Mitternacht verkündete. Die Pflastersteine unterhielten sich mit den Grashalmen, die zwischen ihnen wuchsen, und fragten sie, wie lange sie noch zu bleiben gedächten. Und die Giebel und Erker der Häuser in den engen winkligen Gassen nickten einander zu, und die Laternen beschwerten sich über den Wind, und dass sie erkältet wären, weil er so rücksichtslos mit ihnen umgesprungen sei.

Auch im alten Weinkeller des kleinen alten Städtchens wurde es lebendig. Die vielen, vielen Fässer, die dort nebeneinander standen, große und kleine, die gähnten und reckten und streckten sich, und wenn mal eins das andere dabei anstieß, dann sagte es: »Oh, bitte entschuldigen Sie tausendmal!« Denn die Fässer sind sehr höflich und wissen sich zu benehmen. Dann stellten sie sich alle aufrecht hin auf ihre dicken kleinen Beinchen – die Fässer haben nämlich kleine Beinchen, wenn die dummen Menschen das auch nicht wissen – und sie verneigten sich alle voreinander und nickten und grüßten nach allen Seiten.

Und wie sie sich so begrüßten und »Wie geht es?« fragten und »Haben Sie wohl geruht?« – da kroch ein kleines komisches Männchen aus einer Mauerspalte und rieb sich verschlagen die Äuglein. Das war das Kellermännchen und das sah aus, als ob es ganz und gar gedörrt und vertrocknet wäre, und hatte ein fahles, runzliges Gesicht und eine rote Nase dazu – und das kam alles vom vielen Wein trinken. Denn das Männlein trank erschrecklich viel Wein und man wusste gar nicht, wo alle der viele Wein Platz haben konnte, den es so hinunterschluckte, als wäre es gar nichts und als hätte es nur einmal genippt.

Und war das Männlein gräulich anzusehen, so war sein Gewand ganz wunderschön und seltsam. Einen gar fürnehmen (vornehm, elegant) Dreispitz trug es auf dem Kopfe und hatte Schnallenschuhe an und einen langen Rock mit Spitzen und Goldstickerei, so wie man's vor vielen hundert Jahren trug. An der Seite hing ihm ein Degen in güldener Scheide und mit einem gar kunstvoll geschmiedeten Knauf. Nur arg verstaubt und verblichen war all die wunderliche Pracht, und das ist ja auch nicht anders zu erwarten, wenn jemand nur immer so in einer Mauerspalte lebt.

Wie nun das Männlein gravitätisch und mit gespreizten Schritten, das Händchen auf den Degenknauf gestützt, durch die alten Kellerräume hindurchschritt, da grüßten die Fässer alle und verneigten sich ehrerbietig. Denn das Kellermännchen ist die höchste Respektsperson in einem Keller und hat aufzupassen, dass alles in Ordnung ist. Und wenn etwas nicht in Ordnung ist, dann schimpft es und trinkt Wein dazu, und wenn alles in Ordnung ist, dann sagt es gar nichts und trinkt auch Wein dazu. Denn es ist eben eine Respektsperson. Weil nun das Männlein eine Respektsperson war, so grüßte es auch niemand wieder und tat überhaupt sehr hochmütig und herablassend. Nur wenn es an dem alten grauen Kater vorbeikam, der jede Nacht im Keller schlief, da blieb es stehen, schob den Degen graziös nach hinten, nahm den fürnehmen Dreispitz vom Kopfe und machte eine tiefe höfische Verbeugung.

Das tat es deswegen, weil der Kater ihm einmal bei einer Meinungsverschiedenheit eine solche Ohrfeige gegeben hatte, dass es mit all seiner vielhundertjährigen Pracht auf den Boden gefallen war. Denn der Kater war, wie alle Kater, ein großer Philosoph und hielt nichts von derartig windigem Kellerspuk, wie er sich ausdrückte. »Alle Hochachtung vor Dero Pfoten«, sagte sich das Männchen seitdem und darum dienerte und knickste es so untertänig vor dem alten grauen Herrn. Der Kater aber kümmerte sich wenig um den kleinen komischen Kerl, der schnurrte höchstens etwas gnädig, strich sich den kriegerischen Bart und murmelte was von nächtlicher Ruhestörung und unnützem Gesindel.

Das Kellermännchen aber stelzte weiter auf seinen dürren Beinchen und guckte ganz giftig nach rechts und nach links, ob auch alles in Ordnung wäre und so wie es sich geziemt für einen Keller, de in der guten alten Zeit erbaut worden war, wo man noch auf Sitte hielt und Schnallenschuhe und einen Dreispitz trug und einen güldenen Degen.

Es war aber alles in Ordnung. Nur zwei Flaschen, die etwas leichten jungen Wein im Magen hatten, die wollten sich totlachen über das komische Männchen, aber das sah es gar nicht und das war ein rechtes Glück, denn es hätte den naseweisen Flaschen ohne Gnade den Kopf abgeschlagen. Und das wäre doch sehr schade gewesen, wenn es auch nur ein ganz leichter Wein war, den sie im Magen hatten. Das Kellermännchen aber schritt weiter bis ans Ende des Kellers und dort setzte es sich in einer Ecke nieder, holte einen gewaltigen silbernen Humpen hervor und begann ganz erschrecklich zu trinken. Es gluckste nur ein paarmal ganz leise, dann war der Humpen leer, und so ging es weiter und man wusste gar nicht. Wo all der viele Wein Platz haben konnte, den das Männlein hinunterschluckte.

Am anderen Ende des Kellers aber begannen die Fässer sich zu unterhalten und eins fragte das andere, ob es denn gar nichts Neues gäbe. Doch es gab nichts Neues, und die Fässer beklagten sich darüber, denn wenn man den ganzen Tag still liegt und nachts nur eine Stunde Zeit hat, lebendig zu sein, dann will man sich etwas zu sagen haben und will etwas von der Welt hören, die draußen über den Kellerfenstern liegt.

»Ja, ja«, sagte ein großes dickes Fass, das ganz besonders alt war, »die Welt ist recht langweilig heutzutage und es passiert gar nichts mehr, was so ein echtes rechtes Weinfass auch nur im Entferntesten interessieren könnte. Zu meiner Zeit, als ich noch jung war, da gab es doch immer mal einen Krieg oder eine Pestilenz (Epidemien, Seuchen) oder sonst etwas Ähnliches, was sich gut erzählen lässt im Keller um Mitternacht. Ich habe sogar noch den Tatzelwurm (schlangenähnlicher Drachen) erlebt, wie er vor den Mauern der Stadt herumkroch und Feuer spuckte aus Rachen und Nüstern.« – »Ach bitte, erzählen Sie«, sagten ein paar junge Fässer, »das muss ja furchtbar interessant gewesen sein!«

»Ja, es war sehr interessant und gar gräulich und schauerlich dazu. Tag und Nacht läuteten die Glocken von der Kirche Unserer Lieben Frau, die Bürger standen auf den Mauern und Zinnen und hielten Wacht mit Zittern und Zagen, denn es ist ein ganz erschrecklich Ding um solch einen Tatzelwurm. Der Herr Tatzelwurm speisen nämlich alles mit Haut und Haaren und so hat niemand in die Stadt hinein gekonnt und niemand heraus und es war eine böse Hungersnot ausgebrochen, so dass allen Leuten die Kleider am Leibe hingen, als wären sie gar nicht für sie gemacht. Und da das alles doch gar nicht schön war und auch nicht so weitergehen konnte, so beschloss der hochwohlweise Rat mit dem alten Bürgermeister an der Spitze, eine große Tat zu tun.

Sie stellten sich alle der Reihe nach auf der Stadtmauer auf und der Herr Bürgermeister sagte: ›Wohledler und viellieber Herr Tatzelwurm, wollet Ihr Euch nicht von den Mauern unserer Stadt hinwegbemühen, dieweil wir nicht gesonnen sind, uns von Euch verspeisen zu lassen.‹ Der Tatzelwurm aber nieste lauter Feuer aus seiner Nase heraus und sagte: ›Nein!‹ – Da wurde der Herr Bürgermeister sehr traurig und mit ihm der ganze hohe Rat und sie kletterten wieder von der Stadtmauer herab und gingen auf den Marktplatz und sagten, sie hätten eine große Tat getan, aber es hätte nichts geholfen.

Da weinten alle Leute, wenigstens die, die noch nicht verhungert waren, und die Glocken läuteten von der Kirche Unserer Lieben Frau und der Tatzelwurm kroch um die Mauer herum, so dass auch nicht mal ein Zwieback hereinkommen konnte. Aber wie der hochwohlweise Rat all den vielen Jammer sah und dazu den Tatzelwurm draußen Feuer niesen hörte, da beschloss er noch einmal, eine große Tat zu tun und gar erschrecklich nachzudenken. Da stiegen alle die edlen Herren in diesen Keller hinab und dachten erschrecklich nach und tranken Wein dazu, aber es ist ihnen nichts eingefallen.«

Wie das alte Fass so weit erzählt hatte, da sagte es: »Jetzt muss ich mich etwas erholen«, und zog sich ein Spinngewebe übers Gesicht. Da schwiegen alle Fässer ringsherum und warteten in großer Spannung, wie es weitergehen würde. Zwei kleine Mäuse aber, die auch gehört hatten, dass das alte Fass etwas erzählte, und die sich nur nicht hinge-traut hatten, weil der Kater dazwischen lag, die fanden, dass es jetzt doch gar zu interessant würde, wo dem hochwohlweisen Rat nichts einfiele. Und so beschlossen sie, es näher zu hören. Sie fassten sich ein Herz, strichen ihre grauen Röcklein mit den Pfoten recht sauber und glatt, traten vor das Kellermännchen hin und sagten: »Ach, entschuldi-gen Sie, essen Seine Hochwohlgeboren der Herr Kater Mäuse?«

Das Männchen sah von seinem Humpen auf, schluckte noch eine furchtbare Menge Wein hinunter und sagte nachsichtig und herablas-send: »Seine Hochwohlgeboren sind lange über das Alter hinaus und essen nur noch ganz besonders präparierte und exzellente Sachen, aber keine gemeinen Mäuse mehr. Ihr könnt also ruhig vorbeigehen, denn Euresgleichen sehen Seine Hochwohlgeboren gar nicht.« Da bedankten sich die Mäuse vielmals und dienerten und knicksten und dann huschten sie schleunigst und ängstlich an Seiner Hochwohlgeboren vorbei, denn man konnte nicht wissen, ob es wirklich sicher war, da doch auch alte Herren zuweilen ein jugendliches Gelüste bekommen. Der Kater aber hatte nur ein überlegenes Lächeln für sie und so kamen die Mäuse ungefährdet bei dem großen Fasse an.

Das war aber eingeschlafen und dachte gar nicht daran, weiter zu erzählen, wie es denn geworden war, nachdem dem hochwohlweisen Rat trotz seines erschrecklichen Nachdenkens nichts einfiel. Die neben-stehenden Fässer stießen es leise an und baten, doch weiter zu erzählen, und auch die Mäuse waren ganz entsetzt, dass sie nichts mehr hören sollten, wo sie doch eben deswegen den gefährlichen Weg gewagt hatten an den Pfoten Seiner Hochwohlgeboren vorbei. Und die eine Maus sprang auf das alte Fass und klopfte ihm schonend auf den Magen, während die andere sich gar erdreistete, ihm das Spinngewebe vom Gesicht zu ziehen.

Das alte dicke Fass aber wachte nicht auf, sondern schlief beharrlich weiter und das tat es wohl deswegen, weil es so ganz besonders alt war, und dagegen lässt sich natürlich nichts machen. Da stützten die kleinen Mäuse den Kopf in die Pfötchen und begannen bitterlich zu weinen, und auch alle die Fässer bedauerten lebhaft und allerseits, dass die Geschichte nicht weiter erzählt wurde, denn es war doch ganz zu interessant gewesen, von dem Tatzelwurm zu hören, der Feuer nieste und »Nein« gesagt hatte, und von dem hochwohlweisen Rat, der zwei große Taten getan und so viel Wein getrunken hatte und dem doch nichts eingefallen war.

Ein mittelgroßes Fass aber, das sehr vernünftig aussah, weil es in einem Jahr mit einem unvergesslichen Philosophen geboren war, dessen Namen es vergessen hatte, das stellte sich auf die Beinchen und sagte: »Es ist doch ganz unnütz, sich aufzuregen und sich zu beunruhigen oder gar so exaltiert in die Pfoten zu schluchzen, wie es die beiden Mäuse tun. Wenn man nur etwas Philosophie im Leibe hat, dann ist die ganze Sache doch furchtbar einfach: Der Herr Tatzelwurm müssen sich schließlich doch hinwegbemüht haben oder haben sein Leben eines seligen oder unseligen Todes ausgeniest, denn sonst stünde unsere Stadt nicht mehr mit ihren Toren und Türmen und die Glocken läuteten nicht mehr von der Kirche Unserer Lieben Frau. Man muss nur Philosophie im Leibe haben, aber die habe eben nur ich.«

Da beruhigten sich die Fässer wieder und nur eins, das ganz besonders frech war, wandte sich an das philosophische Fass und fragte: »Darum ist wohl Ihr Wein auch so gräulich sauer, weil Sie gar so viel Philosophie im Magen liegen haben?« Da wurde das philosophische Fass aber böse und stampfte mit den Beinchen auf, dass alle Reifen krachten, und schickte sich an, eine grässliche Rede zu halten. Wie es aber gerade anfing und sagte: »Ich bin in dem Jahre geboren, in dem der unvergessliche Philosoph geboren wurde, dessen Namen ich vergessen habe« … da geschah etwas Entsetzliches.

Die Kellerlaterne raste plötzlich in wahnsinniger Verzückung durch die alten Gewölbe an den Fässern und an den Mäusen vorbei und an Seiner Hochwohlgeboren, dem Herrn Kate. In ihrer Brust aber brannte es lichterloh und es war, als ob das Petroleum ihres Herzens aufgehen wolle in einer einzigen Flamme! Alles schwieg in stillem Grauen, nur das Kellermännchen sprang wütend auf, warf den silbernen Humpen bei Seite und stürzte mit entblößtem Degen auf die arme Kellerlaterne zu.

»Sie haben die Zündholzschachtel geküsst in diesem sittsamen Keller, der noch in der guten alten Zeit erbaut worden ist«, schrie es wütend, »Sie müssen sterben.«

Die verliebte Kellerlaterne erlosch vor Schrecken und verwünschte ihr empfindliches Herzens-Petroleum, das Männlein aber zückte den Degen, um das grässliche Vergehen zu ahnden, das eine simple Laterne mit einer simplen Zündholzschachtel begangen hatte in einem Keller, in dem der hochwohlweise Rat gesessen und ihm nichts eingefallen war. Wie aber das Kellermännchen eben zustoßen wollte und die Laterne angstvoll die kleinen Händchen über dem Petroleumherzen faltete, da schlug es Eins vom Kirchturm Unserer Lieben Frau.

Das Männlein ließ den Degen sinken und verkroch sich fluchend in seiner Mauerspalte, die Laterne war gerettet, die Fässer knickten ihre Beinchen hübsch sorgfältig zusammen und legten sich wieder hin und die Mäuse hüpften vorsichtig an Seiner Hochwohlgeboren vorbei und verschwanden in ihren Löchern, wo ihnen die graue Frau Mama Speckschwarten und geräucherten Schinken zurechtgestellt hatte. Der Kater aber, der wie alle Kater ein großer Philosoph war, strich sich den kriegerischen Bart, schnurrte behaglich und legte sich auf die andere Seite.

Auch draußen wurde es ruhig in den engen winkligen Gassen des alten Städtchens und alles sah so aus, wie die dummen Menschen es immer sehen. Die Pflastersteine sprachen nicht mehr mit den Grashalmen und die Erker und Giebel nickten einander nicht mehr zu und standen steif und still da, als ob sie nicht einmal »Guten Tag« sagen könnten. Die Mauern und Tore und Türme schliefen wieder und der Marktplatz mit der Kirche Unserer Lieben Frau – sie schliefen alle und träumten von dem, was sie einst gesehen hatten: von den Kriegen und von der Pestilenz, von dem Tatzelwurm, der Feuer nieste, und von dem hochwohlweisen Rat, der zwei große Tagen getan und so viel Wein getrunken und so erschrecklich viel nachgedacht hatte – und dem doch nichts eingefallen war.

Das andere Ufer

Es war einmal ein Sammler, der sammelte allerlei Seltsamkeiten aus fernen Ländern. Er sammelte auch alltägliche Dinge, aber dann hatten sie einen besonderen Sinn und ihre besondere Geschichte. Diese Geschichte der Dinge verstand der Sammler zu lesen wie wenige es verstehen, denn es ist keine leichte Kunst. So saß der Tage und Nächte unter all seinen Seltsamkeiten und las ihre Schicksale und er wusste, dass es Menschenschicksale waren, die daran hingen. Wie ein breiter Fluss flutete das arme verworrene Menschenleben um ihn herum, er stand an seinem Ufer und schaute mit erkenntnisreichen Augen, wie Welle um Welle an ihm vorüberzog.

Aber er wusste auch, dass ihm noch etwas fehlte: Er wusste, dass das menschliche Leben, in dem er so viel gelesen hatte, nicht nur das eine Ufer haben konnte, auf dem er stand und es betrachtete. Er wusste, dass es auch ein anderes Ufer haben musste, und das andere Ufer suchte er – wie lange schon! Aber er hatte es nicht gefunden. Einmal aber hoffte er es bestimmt zu finden. Er suchte in allen Läden der Städte, ob er nicht ein Ding finden würde, das ihm etwas vom anderen Ufer erzählen könne. Er war ja sein Leben lang ein Sammler und Sucher gewesen und hatte viel Geduld gelernt.

So kam er einmal in einer fernen Stadt im Süden in einen sehr merkwürdigen Laden. Der Laden war ein richtiger Kramladen des Lebens, denn es waren wohl alle Dinge darin vertreten, die man sich im menschlichen Leben nur denken konnte, von den seltensten Kostbarkeiten herab bis zu den geringsten Alltäglichkeiten. Und alle Dinge hatten, so wie es sich gehört, ihre eigene Geschichte.

Der Sammler besah sich alle die vielen Dinge mit großer Sachkenntnis. Manches gefiel ihm sehr und manches hätte er gerne gekauft, aber irgendwie erinnerte es ihn doch an etwas, was er schon einmal erworben hatte. »Dies ist wohl die seltsamste Sammlung der Dinge vom menschlichen Leben, die ich je gesehen habe«, sagte der Sammler, und da der Händler ihm kein gewöhnlicher Händler zu sein schien – denn er hatte etwas Stilles und Feierliches in seinem Wesen – so fragte er ihn, ob er nicht etwas habe, was ihm vom andern Ufer erzählen könne.

Der Händler war auch wirklich kein gewöhnlicher Händler. Er wusste zu gut, wie viel Leid und Tränen manche Dinge, die die Menschen bei ihm um teuren Preis erstanden, denen bringen mussten, die sie mit einer Inbrunst erwarben, als hinge ihr ganzes Leben davon ab. Es kam nicht oft vor, dass einer den richtigen Gegenstand bei ihm verlangte. Als nun der fremde Sammler den Händler nach dem anderen Ufer fragte, da lächelte der Händler und reichte ihm eine kleine Lampe von unscheinbarer Form, doch von sehr sorgfältiger Arbeit. Die Lampe aber brannte schon mit einer schönen bläulichen Flamme und brauchte nicht erst entzündet zu werden.

»Diese Lampe stellt man nirgends aus«, sagte der Händler, »man gibt sie nur denen, die nach dem anderen Ufer fragen.« – »Erzählt mir denn diese Lampe etwas vom anderen Ufer?«, fragte der Sammler und betrachtete die Lampe mit aufmerksamen und erstaunten Blicken, denn er hatte so etwas noch nicht in seiner Sammlung und er hatte es bisher auch nirgends gesehen. »Vom anderen Ufer darf dir die Lampe nichts erzählen«, sagte der Händler, »zum anderen Ufer musst du selber wandern, aber die Lampe wird dir leuchten und dir den Weg zum anderen Ufer weisen.«

Da dankte der Sammler dem Händler und fragte ihn, was er ihm für die Lampe zu zahlen habe. »Ich habe viele Gegenstände in meinem Laden, die man um billigen Preis erstehen kann«, sagte der Händler, »ich habe auch manche darunter, die um ein Königreich nicht zu haben sind. Aber die kleine Lampe, die du in der Hand hast, kostet nichts für den, der nach dem anderen Ufer fragte. Es ist deine eigene Lampe und es ist eine ewige Lampe – und sie wird dir den Weg zum anderen Ufer weisen.«

Da wurde der Sammler ein Wanderer. Er ließ alle die vielen seltsamen Dinge, die er bisher gesammelt hatte, hinter sich und wanderte dem Licht seiner ewigen Lampe nach, das andere Ufer zu suchen. Er sah viel Schönes auf seinem Wege, das er früher nicht gesehen hatte. Er sah, wie die Steine sich regten und formten, er schaute in die Träume der Blumen und er verstand die Sprache der Tiere. Allmählich aber wurde der Weg des Wanderers immer einsamer und verlassener, er stand allein in einer Einöde und vor sich erblickte er sieben steile, felsige Berge.

Die Lampe warf ihren Lichtschein auf seinen Weg und sie zeigte ihm an, dass er alle die sieben Berge besteigen müsse. So bestieg er alle sieben Berge und von jedem Berge hoffte er das andere Ufer zu sehen, aber er sah es nicht. Ein eisiger Neuschnee lag auf allen sieben Gipfeln.

Mitten aber im Schnee blühte eine rote Rose, leuchtend wie ein Rubin. Die pflückte der Wanderer und nahm sie mit sich auf den Weg. Als er nun alle sieben berge bestiegen hatte und sich ihre sieben Rosen zum Kranz geholt hatte aus dem eisigen Neuschnee der Gipfel, da stand er vor einem dunklen Tor. Der Torhüter trat auf ihn zu und fragte ihn, was er wolle.

»Ich suche das andere Ufer«, sagte der Wanderer. »Was führst du mit dir auf deinem Weg?«, fragte der Torhüter. »Sieben rote Rosen und meine ewige Lampe«, sagte der Wanderer. Da ließ ihn der Torhüter in das dunkle Tor eintreten. »Es ist ein langes und dunkles Tor«, sagte der Torhüter, »du musst bis an sein Ende gehen, dann kommst du an das Meer der Unendlichkeit.« – »Ich will nicht an das Meer der Unendlichkeit«, sagte der Wanderer, »ich suche das andere Ufer. Das Meer der Unendlichkeit aber ist uferlos.« – »Du musst warten, bis die Sonne aufgeht, dann wirst du das andere Ufer sehen«, sagte der Torhüter.

Da ging der Wanderer durch das lange dunkle Tor hindurch und setzte sich am Meer der Unendlichkeit nieder, denn er war sehr müde geworden von seiner Wanderung. Das Meer der Unendlichkeit brandete zu seinen Füßen und über seinen wilden Wellen und dem einsamen Wanderer an seinem Gestade stand die gestirnte Nacht. Der Wanderer aber wartete und wachte bei seiner ewigen Lampe die ganze Nacht und es war eine so lange Nacht, dass er dachte, sie wolle gar kein Ende nehmen.

Endlich verblassten die Sterne, die brandenden Wellen wurden still und klar und über ihnen ging die Sonne auf. Im Licht der aufgehenden Sonne aber tauchte eine leuchtende Insel mitten aus dem Meer der Unendlichkeit empor. Da erkannte der Wanderer, dass es das andere Ufer war, das er gesucht hatte. Über das dunkle Tor kam eine Taube geflogen und zeigte dem Wanderer den Weg zur Insel und er schritt über das Meer der Unendlichkeit so sicher wie auf klarem Kristall hinüber zum anderen Ufer.

Vom anderen Ufer aber darf ich euch nichts weiter erzählen, so wenig als es die Lampe getan hat. Zum anderen Ufer muss ein jeder selber wandern im Licht seiner eigenen ewigen Lampe. Denn das Märchen vom anderen Ufer ist ein Märchen der Wanderer.

Der kleine Wurzelprofessor

Es war einmal ein kleiner Wurzelprofessor, der stand im Walde und war ganz aus Wurzeln. Der Körper, die Arme und Beine waren Wurzeln und auch der Kopf. Der kleine Wurzelprofessor war nur ein unendlich kleines Stückchen eines großen hohen Baumes, dessen Gipfel er nie gesehen – und den er leugnete. Die Vögel, die obenauf dem Gipfel des Baumes ihre Nester bauten, setzten sich dem kleinen Wurzelprofessor oft gerade auf die Nase uns sangen ihm die herrlichsten Lieder vor vom Gipfel des großen hohen Baumes, von dem er selber ja doch nur ein unendlich kleines Stückchen war.

Aber der kleine Wurzelprofessor glaubte es auch dann nicht, wenn sie's ihm in beide Ohren gleichzeitig hineinschrien. Auch ein Eichhörnchen, das in beruflichen Angelegenheiten täglich am Stamm des Baumes hinauflief, hatte dem kleinen Wurzelprofessor von all den Wundern erzählt, die es oben zu sehen gab. »Es sind Wunder über Wunder«, sagte das Eichhörnchen, »und über allem ist der Himmel.« – »Das alles gibt es ja gar nicht«, sagte der kleine Wurzelprofessor, »denn wie soll es etwas geben, was ich nicht beleuchtet habe?«

Der kleine Wurzelprofessor konnte nämlich leuchten und ich will auch erzählen, wie es gekommen war, dass er so leuchten konnte. Weil er doch festgewachsen war und gar nicht vom Fleck konnte, so hatte er nichts weiter getan, als bloß immer gedacht, Und so viel hatte er gedacht, dass er allmählich einen ganz verfaulten Kopf bekommen hatte. Nun war doch der Kopf aus Holz und jeder weiß, dass faules Holz im Finstern leuchtet. So leuchtete auch der Kopf des kleinen Wurzelprofessors – und seitdem war er sehr froh!

Nur durfte es sonst nicht zu hell sein und der Mond durfte nicht scheinen, den er nicht kannte – und den er leugnete. Am Anfang war es ja noch nicht so besonders bedeutend, aber im Laufe der Jahre leuchtete er doch schon so sehr, dass bei seinem Schein die Regenwürmer ganz bequem ihren Weg finden und die Hamster ihre Einnahmen aufschreiben konnten. Aber natürlich musste es – damit der kleine Wurzelprofessor wirklich leuchtete – immer schon sehr dunkel sein. So stand der kleine Wurzelprofessor auch in einer stillen Nacht wie immer da und dachte und leuchtete so vor sich hin.

Die Nacht war aber keine gewöhnliche Nacht. Denn am Himmel stand der Stern der Liebe. Die Nacht war keine gewöhnliche Nacht. Denn ein Dichter führte seine Liebste heim in den Märchenwald, der seine Heimat war. Und als er mitten im tiefsten Märchenwald angekommen war, wo die sieben silbernen Quellen sind, da küsste er seine Liebste auf den Mund und setzte ihr eine seltsame Krone auf den Scheitel. Das war eine von den Kronen, die es auf der ganzen Erde nicht gibt und die nur ein Dichter seiner Liebsten ins Haar flechten kann.

Der Stern der Liebe an Gottes Himmel aber schien auf Beide nieder und sein Licht verfing sich in der Krone auf des Mädchens Scheitel. Da flammte die Krone auf in tausend wunderbaren Farben, die schöner waren als alle Farben der Erde. Denn das Mädchen war des Dichters Liebste und es war die Krone der Unsterblichkeit, die es trug.

Davon fing der ganze Märchenwald an zu leuchten, die Nixen tauchten aus den dunklen Wassern auf, die Elfen warfen sich heimlich und leise ihre Schleier zu und von Ferne läuteten die Glocken versunkener Städte. Auch die Tiere des Waldes kamen alle herbei, um zuzusehen, die Frösche sangen Loblieder und sogar die Pilze nahmen ihre großen Hüte ab und grüßten nach allen Seiten.

Denn eines Dichters Liebste ist Königin im ganzen Märchenland!
…

Nur der kleine Wurzelprofessor sah nichts vom Dichter und seiner Liebsten, nichts vom Stern der Liebe und nichts von der Krone der Unsterblichkeit. Er stand und leuchtete so vor sich hin und dachte: all der Glanz im Himmel und auf der Erde käme einzig und allein nur davon her, dass er so heftig leuchte.

Der Tod und das kleine Mädchen

Es war einmal ein kleines Mädchen, das war immer sehr einsam. Es sei ein sonderbares Kind, sagten die Großen und es sei dumm und es vertrage keinen Lärm, sagten die Kleinen – und darum spielte niemand mit ihm. Ihr werdet nun gewiss denken, dass das sehr langweilig und sehr traurig für das kleine Mädchen war. Ein bisschen traurig war es manchmal schon, aber langweilig war es gar nicht, denn das kleine Mädchen langweilte sich niemals. Es kamen immer so viele Gedanken zu ihm zu Besuch und diese Gedanken sah es auch alle und sprach mit ihnen, als ob sie leibhaftig vor ihm stünden. Es war eine Sprache ohne Worte und diese Sprache kennen alle, zu denen die Gedanken zum Besuch kommen.

Die Gedanken, die zu dem kleinen Mädchen kamen, waren alle sehr verschieden und sie waren auch ganz verschieden angezogen, wenn man das von einem Gedanken überhaupt sagen kann. Es waren traurige Darunter in grauen Kleidern, frohe in rosenfarbenen mit goldenen Sternen darauf, rote und lustige, die Fratzen machten, und blaue, die von Märchenländern erzählten und deren Augen immer irgendwo hinaus in eine weite Ferne sahen.

Es muss sehr still um einen herum sein, wenn so viele Gedanken zu einem zum Besuch kommen. Darum ging das kleine Mädchen am liebsten ganz allein auf den Dorffriedhof und setzte sich zwischen alle die Gräber unter den hohen Bäumen. Das kleine Mädchen kannte alle die Gräber mit Namen und es war wirklich merkwürdig zu beobachten, welche Gedanken an den verschiedenen Gräbern zum Besuch kamen und an welchen Gräbern die Gedanken fort blieben. Es war, als ob es ihnen da nicht recht gefiele.

Lehrreich und unterhaltend war es auch, was die Gedanken an dem einen oder anderen Grabe sagten, wenn sie zum Besuch kamen. Was sie sagten, war nicht immer schmeichelhaft für die Toten in den Gräbern. Aber das kleine Mädchen konnte daraus sehen, an welchen Gräbern man am besten sitzen und sich mit seinen Gedanken unterhalten konnte.

Als nun das kleine Mädchen wieder einmal auf dem Friedhof saß und sich von seinen bunten Gedanken besuchen ließ, da kam eine Gestalt im schwarzen Gewande durch alle die Grabhügel geschritten und ging gerade auf das kleine Mädchen zu. »Bist du auch ein Gedanke?«, fragte das kleine Mädchen. »Aber du bist so sehr viel größer als die Gedanken, die mich sonst besuchen, und du bist so schön, wie keiner von meinen vielen Gedanken es jemals war.« Die schöne Gestalt im schwarzen Gewand setzte sich neben das kleine Mädchen.

»Du fragst ein bisschen viel auf einmal. Ich bin wohl ein Gedanke – und doch wieder auch etwas mehr. Es ist für mich gar nicht so leicht, dir das zu erklären. Sonst täte ich es gewiss gerne.« – »Bemühe dich nicht meinetwegen«, sagte das kleine Mädchen, »ich brauche dich gar nicht zu verstehen. Es ist auch sehr schön, dich bloß anzusehen. Aber ich möchte gerne wissen, wie du heißt. Meine Gedanken sagen mir immer alle, wie sie heißen, und das ist sehr lustig.«

»Ich bin der Tod«, sagte die schöne Gestalt und sah das kleine Mädchen sehr freundlich an. Man musste Vertrauen zum Tod haben, wenn man ihm in die Augen sah, denn es waren schöne und gute Augen, die der Tod hatte. Solche Augen hatte das kleine Mädchen noch nicht gesehen. Das kleine Mädchen erschrak auch gar nicht. Es war nur sehr erstaunt und überrascht und fast freute es sich, dass es so ruhig neben dem Tod sitzen konnte.

»Weißt du«, sagte es, »es ist so komisch, dass alle Menschen Angst haben, wenn sie von dir sprechen, wo du so nett bist. Ich möchte gerne mit dir spielen. Es spielt sonst niemand mit mir.« Da spielte der Tod mit dem kleinen Mädchen – wie zwei Kinder miteinander spielen, mitten unter den Gräbern auf dem Friedhof. »Wir wollen Himmel und Erde bauen«, sagte das kleine Mädchen, »hoffentlich verstehst du es auch. Wir machen den Himmel aus den hellen Kieseln und die Erde aus den dunklen. Du musst aber fleißig Steine suchen.«

Der Tod suchte kleine Steine zusammen und er gab sich viele Mühe, um das kleine Mädchen zufriedenzustellen. »Jetzt haben wir genug«, sagte das kleine Mädchen. »Ich finde, dass du sehr schön spielen kannst. Willst du nun den Himmel bauen und ich die Erde oder umgekehrt? Mir ist es einerlei. Du kannst dir aussuchen, was dir mehr Spaß macht. Ich erlaube es dir.« – »Ich danke dir sehr«, sagte der Tod, »aber siehst du, ich bin kein Kind mehr und verstehe nicht mehr so zu bauen, wie man das als Kind versteht. Du bist ja noch ein Kind und ich denke, du baust dir deinen Himmel und deine Erde selber. Aber ich will dir bei beidem helfen.«

»Das ist nett von dir«, sagte das kleine Mädchen und baute sich seinen Himmel und seine Erde aus den bunten Kieselsteinen. Der Tod sah zu und half dem kleinen Mädchen dabei. »Jetzt pass auf«, sagte das kleine Mädchen, »hier ist der Himmel und drin wohnt der liebe Gott und hier ist die Erde und da wohne ich. Nun musst du auch noch eine Wohnung haben. Aber ich weiß ja noch gar nicht, wo du wohnst?«

»Ich wohne zwischen Himmel und Erde«, sagte der Tod, »denn ich muss ja die Menschenseelen von der Erde zum Himmel führen.« – »Richtig«, sagte das kleine Mädchen, »dann kriegst du eine Wohnung aus hellen und dunklen Steinen zusammen. Es soll eine feine Wohnung werden, du wirst schon sehen.« Der Tod freute sich und sah zu, wie das kleine Mädchen ihm seine Wohnung baute. »Höre mal«, sagte das kleine Mädchen, »du hast doch eben gesagt, dass du die Menschenseelen von der Erde zum Himmel führst. Erzähle mir mal ein bisschen davon, wie du das machst – und warum müssen wir überhaupt sterben? Kann man denn nicht einfach in den Himmel 'rüberlaufen?« Als das kleine Mädchen das fragte, läuteten die Glocken Feierabend.

»Hörst du die Glocken läuten?«, fragte der Tod. »Siehst du, mit den Menschenseelen ist das ganz ähnlich wie mit den Glocken. Jede Menschenseele ist eine Glocke und du hörst sie läuten, wenn du ordentlich aufpasst, in frohen und in traurigen Stunden. Bei manchen läutet sie nur noch ganz schwach und das ist dann wirklich sehr schlimm. Wenn ich nun zu einem Menschen komme, dann läutet seine Glockenseele Feierabend – und ich hänge die Glocke dann in den Himmel. Dort läutet sie weiter.«

»Läuten sie denn da alle durcheinander?«, fragte das kleine Mädchen. »Das muss gar nicht schön klingen, denn jede läutet doch sicher ganz anders. Es ist gewiss nicht angenehm für den lieben Gott, sich das immer anhören zu müssen.« – »Das ist schon wahr«, sagte der Tod, »aber siehst du, die Glockenseelen kommen so oft auf die Erde zurück und werden so lange umgegossen, bis sie alle ihr eigenes richtiges Geläute haben und alle zusammenklingen. So lange aber muss ich die Menschen von der Erde zum Himmel tragen.«

»Das tut mir sehr leid für dich«, sagte das kleine Mädchen, »es ist gewiss eine sehr mühsame Arbeit. Aber pass nur auf, es wird schon mal besser werden und dann hast du gar nichts mehr zu tun und wir beide spielen immer so nett zusammen wie heute.« Der Tod nickte und seine Augen sahen in eine sehr, sehr weite Ferne.

»Deine Wohnung ist jetzt fertig«, sagte das kleine Mädchen, »ist sie nicht sehr hübsch geworden?« – »Sie ist sehr hübsch«, sagte der Tod, »ich danke dir auch. Aber es ist spät und du musst jetzt nach Hause gehen. Es war schön, mit dir zu spielen.« Und der Tod reichte dem kleinen Mädchen die Hand. »Guten Abend«, sagte das kleine Mädchen und knickste, »kommst du nicht auch einmal mich besuchen? Ich bin so viel allein.« – »Ja«, sagte der Tod freundlich, »ich werde dich sehr bald besuchen, weil du so allein bist.«

Bald darauf wurde das kleine Mädchen sehr krank und die Leute meinten alle, dass es wohl sterben müsse. Die Leute waren traurig, denn es erschien ihnen immer traurig, wenn einer starb – und besonders wenn es ein Kind war, das das Leben noch vor sich hatte, wie sie sagten. Aber es war ja ein sonderbares Kind, das die Großen nicht verstanden und mit dem die Kleinen nicht spielen mochten. Am Ende war es so auch besser.

Als die Glocken Feierabend läuteten, da trat der Tod zu dem kleinen Mädchen ins Zimmer. »Das ist nett von dir, dass du mich besuchen kommst«, sagte das kleine Mädchen. »Es ist Feierabend«, sagte der Tod und setzte sich zu dem kleinen Mädchen aufs Bett. »Ach ja«, sagte das kleine Mädchen, »davon hast du mir damals so schön erzählt, als wir zusammen Himmel und Erde bauten. Dann kommst du gewiss, um meine Glockenseele zu holen. Hoffentlich klingt sie aber auch hübsch, so dass sich der liebe Gott nicht ärgert.«

»Sie sehnen sich im Himmel nach einer reinen Glocke«, sagte der Tod, »darum haben sie mich gebeten, zu dir zu kommen.« – »Muss ich dann sterben?«, fragte das kleine Mädchen. »Das brauchst du gar nicht so zu nennen«, sagte der Tod. »Siehst du, es ist ganz einfach: An deiner Tür stehen zwei Engel und die führen dich dann zum lieben Gott in den Himmel.« – »Ich kann aber die Engel nicht sehen«, sagte das kleine Mädchen. »Ich werde ich mal auf den Arm nehmen«, sagte der Tod, »dann wirst du die Engel gleich sehen.«

Da nahm der Tod das kleine Mädchen auf die Arme – und als er es auf die Arme genommen hatte, da sah es zwei strahlende Engel in weißen Kleidern mit schimmernden Flügeln und die Engel führten es zum lieben Gott in den Himmel. Die Glockenseele des kleinen Mädchens aber läutete und es war lange her, dass eine so reine Glocke oben ihren Feierabend geläutet hatte.

Im Himmel war es sehr schön und da war das kleine Mädchen kein sonderbares Kind mehr, denn die großen Engel verstanden es und die kleinen Engel spielten mit ihm. Auch der liebe Gott war zufrieden und freute sich, dass er eine so reine Glocke bekommen hatte. Das kleine Mädchen fand es nur sehr traurig, dass der Tod unten auf der Erde bleiben musste. Es sah ihn auf dem Friedhof stehen, wenn es mal herunterguckte und dann nickte es ihm zu.

»Kannst du hören, wenn ich von oben 'runterrufe?«, fragte das kleine Mädchen. »Ja«, sagte der Tod, »du brauchst auch nicht so laut zu rufen, denn für mich sind Himmel und Erde so nahe beieinander, wie wir sie einmal zusammen aus Kieselsteinen gebaut haben.« – »Das freut mich«, sagte das kleine Mädchen, »es ist bloß sehr schade, dass ich nicht mehr mit dir spielen kann. Jetzt spielt niemand mehr mit dir. Sie bloß nicht zu traurig darüber. Hörst du?«

»Es war schön, dass du mit mir gespielt hast«, sagte der Tod, »und wenn ich einmal traurig werde, dann höre ich oben deine Glockenseele läuten und freue mich darüber, dass einmal ein Kind mit mir gespielt hat.« – »Ja, tue das«, sagte das kleine Mädchen, »und ich will dir auch etwas Wunderhübsches sagen, was mir die großen Engel erzählt haben. Die großen Engel sagen, dass einmal eine Zeit kommen wird, wo alle Glockenseelen zusammenklingen und alle Menschen mit dem Tod wie die Kinder spielen werden.«

Erzählungen aus dem Biedermeier

Biedermeier - das klingt in heutigen Ohren nach langweiligem Spießertum, nach geschmacklosen rosa Teetässchen in Wohnzimmern, die aussehen wie Puppenstuben und in denen es irgendwie nach »Omma« riecht.

Zu Recht. Aber nicht nur.

Biedermeier ist auch die Zeit einer zarten Literatur der Flucht ins Idyll, des Rückzuges ins private Glück und der Tugenden. Die Menschen im Europa nach Napoleon hatten die Nase voll von großen neuen Ideen, das aufstrebende Bürgertum forderte und entwickelte eine eigene Kunst und Kultur für sich, die unabhängig von feudaler Großmannssucht bestehen sollte.

Georg Büchner Lenz **Karl Gutzkow** Wally, die Zweiflerin **Annette von Droste-Hülshoff** Die Judenbuche **Friedrich Hebbel** Matteo **Jeremias Gotthelf** Elsi, die seltsame Magd **Georg Weerth** Fragment eines Romans **Franz Grillparzer** Der arme Spielmann **Eduard Mörike** Mozart auf der Reise nach Prag **Berthold Auerbach** Der Viereckig oder die amerikanische Kiste

ISBN 978-3-8430-1884-5, 444 Seiten, 29,80 €

Erzählungen aus dem Biedermeier II

Annette von Droste-Hülshoff Ledwina **Franz Grillparzer** Das Kloster bei Sendomir **Friedrich Hebbel** Schnock **Eduard Mörike** Der Schatz **Georg Weerth** Leben und Taten des berühmten Ritters Schnapphahnski **Jeremias Gotthelf** Das Erdbeerimareili **Berthold Auerbach** Lucifer

ISBN 978-3-8430-1885-2, 440 Seiten, 29,80 €

Erzählungen aus dem Biedermeier III

Eduard Mörike Lucie Gelmeroth **Annette von Droste-Hülshoff** Westfälische Schilderungen **Annette von Droste-Hülshoff** Bei uns zulande auf dem Lande **Berthold Auerbach** Brosi und Moni **Jeremias Gotthelf** Die schwarze Spinne **Friedrich Hebbel** Anna **Friedrich Hebbel** Die Kuh **Jeremias Gotthelf** Barthli der Korber **Berthold Auerbach** Barfüßele

ISBN 978-3-8430-1886-9, 452 Seiten, 29,80 €